시의 威儀—알레고리

박찬일 詩論집

시의 위의

—알레고리

토담

| 머리말 |

　북두칠성이 알레고리다. 7개의 별이 모여 북두칠성 모양의, 국자 모양의, 알레고리를 만든다. 조합, 그리고 배열이라는 점에서 시 일반은 알레고리의 모습을 띠고 알레고리를 지향한다. 시집 비평 역시 알레고리 비평이라 할 수 있다. 선택과 조합, 그리고 배열이라는 점에서 시 일반과 같다. 파편적 글쓰기, 병렬양식, 몽타주, 콜라주, 그로테스크, '무의미'들이 알레고리의 하위 범주들이다. 김춘수의 무의미시는 허무주의의 알레고리다. 이상의 「烏瞰圖 시 제1호」는 분열의 알레고리다.

　　13인의兒孩가도로로질주하오.
　　(길은막다른골목이적당하오)

　　제1의아해가무섭다고그리오.
　　제2의아해도무섭다고그리오.
　　제3의아해도무섭다고그리오.
　　제3의아해도무섭다고그리오.
　　제4의아해도무섭다고그리오.

제5의아해도무섭다고그리오.

제6의아해도무섭다고그리오.

제7의아해도무섭다고그리오.

제8의아해도무섭다고그리오.

제9의아해도무섭다고그리오.

제10의아해도무섭다고그리오.

제11의아해도무섭다고그리오.

제12의아해도무섭다고그리오.

제13의아해도무섭다고그리오.

13인의아해는무서운아해와무서워하는아해와그렇게뿐이모였소.

(다른사정은없는것이차라리나았소.)

그중에1인의아해가무서운아해라도좋소.

그중에2인의아해가무서운아해라도좋소.

그중에2인의아해가무서워하는아해라도좋소.

그중에1인의아해가무서워하는아해라도좋소.

(길은뚫린골목이라도적당하오)

13인의아해가도로로질주하지아니하여도좋소.

—「烏瞰圖 시 제1호」전문

오감도烏瞰圖. 까마귀가 내려다보는 것을 보여주는 그림. 오감도

鳥瞰圖다. 까마귀관점도 새관점이다. 까마귀도 새다. 새관점은 위에서 아래를 내려다보는 관점이다. 멀리, 그리고 넓게 보는 관점이다. 새관점은 개구리관점과 구별된다. 개구리관점은 아래에서 아래를, 혹은 아래에서 위를 보는 관점이다. 微하고 細한 부분이 드러난다. 치부가 들추어진다. 새관점으로 김해경은 '근대'를 조명하였다. 근대가 분열의 근대라는 것을 가시적으로 보여주었다.

　분열은 봉합을 요구한다. 의식의 흐름, 병렬양식, 몽타주, 콜라주들이 모더니즘의 주요 기법들이다.

　둘째 연과 셋째 연의 "제1의아해", "제2의아해" […] "제13의아해" 들과 넷째 연의 "1인의아해", "2인의아해"를 구분하는 것이다. 후자 숫자를 기수로 보고 전자 숫자를 서수로 보는 것이다. 서수는 말 그대로 순서화하는 것이다. 그렇다고 여기에서 제1의아해의 무서움과 제13의아해의 무서움에 순서가 존재하는 것으로 보이지 않는다. 제1의아해부터 제13의아해까지 모두 무서워하고 있다. (정말 제1의아해부터 제13의아해까지 순서가 없는 걸까.) 그렇다면 왜 '한아해가무섭다고그리오/ 또한아해가무섭다고그리오/ 또한아해가무섭다고그리오 […]'라고 하지 않았을까. 제1의아해를 특정한 제1의아해, 순서 1위의 아해로, 이를테면 맨 앞에 있는 아해로 보는 것이다. 그렇지만 실상 순서 1위와 순서 2위와 […] 순서 13위 사이에 내용상 차이가 없다. 순서는 있었지만 내용에 차이가 없다. '불을 켠다.' 제1의아해부터 제13의아해까지 한 눈에 들어온다. 제1의아해와 제13의아해까지는 '존재자'라는 점에서 차이가 없다. '존재의 잔혹성'에 빠져있다는 점에서 차이가 없다. '출구부재의 상황Ausweglosigkeit'에 빠져있다는 점에서 차이가 없다. 둘째 행에서 "(길은막다른골목이적당하오)"라고 하였다.

주목되는 것은 셋째 연의 넷째 행에서 "13인의아해는무서운아해와무서워하는아해와그렇게뿐이모였소"라고 한 것. 그리고 "(다른사정은없는것이차라리나았소)"라고 한 것. 둘째 연의 '무서워하는아해'에 셋째 연에서 '무서운아해'라는 정보를 추가한 것이다. 둘째 연, 셋째 연, 넷째 연을 종합해 말하면 서수로서의 '제1의아해'부터 '제13의아해' 전부는 '무서워하는아해'이다. 기수로서의 13인 아해 일부가 '무서운아해'일 수 있다. 넷째 연의 "1인의아해"와 "2인의아해"는 기수이기 때문이다. 그런데 '아마' 이 두 행은 —둘째 연, 셋째 연을 참고하건대— '그중에3인의아해가무서운아해라도좋소' / '그중에4인의아해가무서운아해라도좋소 […] 그중에13인의아해가무서운아해라도좋소'라고 이을 수 있었을 듯하다. 넷째 연 끝 두 행의 시작도 마찬가지. '그중에13인의아해가무서워하는아해라도좋소/ 그중에12인의아해가무서워하는아해라도좋소'라고 시작할 수 있었을 듯하다. 그렇다면 13인의 아해는 전부 '무서워하는아해'이면서 '무서운아해'가 된다.

그렇다. '근대'의 키워드는 분열이다. 하이네(1797-1856)는 찢어짐Zerrissenheit이라고 표현하였다. (하이네의 삶 자체가 찢어진 삶이었다. 하이네는 인생의 후반부를 '매트리스 인생'으로 살았다.) 동시대인 횔덜린(1770-1843)은 시 「인생의 절반」에서 다음과 같이 읊

었다.(횔더린도 인생의 절반을 매트리스 인생으로 살았다.) 다음
은 횔더린의 「인생의 절반」 전문.

들장미로 가득한 대지가

노랗게 익은 배들과 함께

호수 속에 드리워져 있다

너희들 사랑스러운 백조들이여

입맞춤에 취해

성스럽고 명징한 물에

머리를 담그는구나

마음이 아프다, 겨울이 되면

어디에서 꽃을 받을까 어디에서

햇볕을 받을까

대지의 그림자를 받을까

성벽들은 말없이 추운 모습으로

높이 서있고 바람에

깃발들이 덜그럭거린다

전반부/후반부 구조다. 전반부에서는 대지와 호수가 화합하였
고, 후반부에서는 대지와 호수가 분열하였다. ‘인생의 절반은 안
온하게 살고, 인생의 절반은 불행하게 산다.’? 아닐 것이다. 안온과
불행이 계속 반복된다는 것일 게다. 여름이 가고 겨울이 오는 것처

럼. 이것만도 다행이다. 비슷한 시대의 보들레르(1819-1867)는 이중적 인간homo duplex이라는 말을 썼다. 다음은 아타락시아의 구체화.

> 모든 사람에게는 언제나 두 가지의 동시 청원이 있다. 하나는 하느님에게, 또 하나는 사탄에게
>
> — 보들레르, 「나의 흉금」 부분

"길은막다른골목이적당하오"? 아니올시다. 나중에 "길은뚫린골목이라도적당하"다고 하였다. "13인의아해가도로로질주하오"? 아니올시다. "13인의아해가도로로질주하지아니하여도좋"다고 하였다. 19세기 중반에 하이네, 횔더린, 보들레르가 있었다면 1930년대 우리에겐 이상이 있었던 것이다.

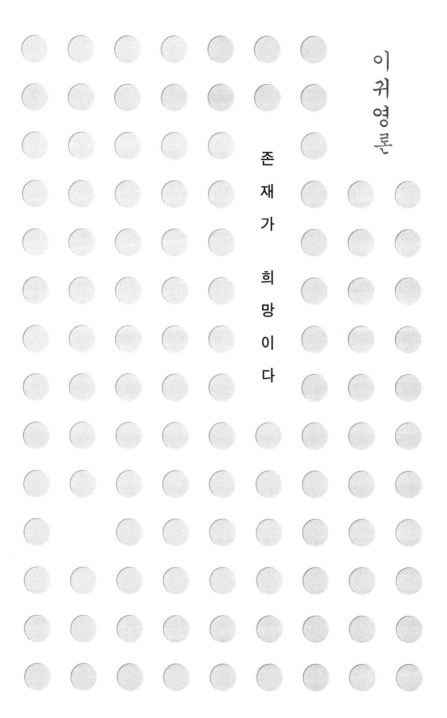

이귀영론

존재가 희망이다

존재가 희망이다
— 이귀영론

1. 들어가며

"말할 수 없는 것에 대해서는 침묵하라."

비트겐슈타인의 유명한 『논리 철학 논고』의 마지막 문장이다. 하느님이 말할 수 없는 것에 침묵하고 계시고 있다면? 청년 비트겐슈타인은 이에 대해 동의한 것으로 보인다. 비트겐슈타인은 '하느님은 세계 밖에 계시다.'고 생각하였다. 하느님이 세계 밖에 계시다는 것은 단순히 세계내적존재로서의 대립으로서의 세계외적존재를 말하는 것이 아니다. 하느님이 세계의 운행에 간섭하지 않으시다는 것이다. 하느님이 세계의 운행에 대해 말할 수 없고 침묵하시고 계시다는 것이다.

이귀영의 시집 『그린마일』은 세계의 운행에 침묵하고 있는 하느님에 대한, 하느님이 처한 이런 상황에 대한 탄식과 슬픔으로 채워져 있다. 무엇보다도 문제는 하느님이 인간의 '한계적 상황'에 대해 침묵하고 계시다는 것이다. 침묵하고 있는 하느님께 전지전능한 하느님으로 다시 서실 것을, 세계의 운행에 간섭하실 것을 간절히 원하고 있다. 아이러니, 역설, 알레고리 수사법들이 주목된다.

예술은 자본주의적 규칙·규율·규범을 뛰어넘기는커녕 자본주의적 규칙·규율·규범에 봉사하고 있다. 상업주의 형식이 예술 내용을 규정하고, 예술 내용이 상업주의 형식을 규정하고 있다. 규칙·규율·규범·상궤·상식을 뛰어 넘으려는 예술가적 인간형은 베르터에서 끝난 것일까. 화가이며 시인이었던 베르터, 오시안과 호머를 즐겨 읽었던 베르터는 자신을 받아들여주지 않는, 합리주의, 효율주의, 최대이윤의 법칙을 중시하는, 자본주의적 생활양식에 기꺼이 절망해주었다. 그리고 '손해나는 장사'에 기꺼이 몸을 던졌다.

현실사회주의의 몰락, 자본주의적 생활양식의 전경화, 승자 독식의 사회, 양극화 현상들의 심화에 '욕망하는 인간의 발견' 및 '욕망하는 인간에 대한 용인'들이 기여한 것으로 보인다. 니체의 힘에의 의지, 프로이트의 리비도, 라캉의 타자론, 들뢰즈의 잠재태론, 지라르의 욕망의 삼각형론들이 '욕망하는 인간의 발견' 및 '욕망하는 인간에 대한 용인' 들에 기여한 것으로 보인다. 후기모더니즘은 '욕망하는 인간의 발견' 및 '욕망하는 인간에 대한 용인' 들이라고 간단히 요약할 수 있다. 간단히 말해 용납되지 못할 것이 없다는 것이다. 사회생물학의 유전자론에 근거한 결정주의적 인간관 역시 '욕망하는 인간의 발견' 및 '욕망하는 인간에 대한 용인' 들을 추인하는데 기여하였다. 악덕의 '대유행pandemic'! 현대를 이렇게 규정할 수 있을까. 다시 말하자. 이귀영의 이번 시집은 이러한 세계에 침묵하고 있는 '현재의 하느님 상황'에 대한 탄식과 슬픔으로 가득 채워져 있다.

또한 바로크적 상황을 떠올리지 않을 수 없다. 메멘토 모리 memento mori와 소멸의 인류사·소멸의 자연사들은 '벤야민 알레고리'의 핵심 범주들이다. "모든 형성된 것들은 무너지기 마련이다. 부지런히 정진하여라"고 한 붓다의 유언, "헛되고 헛되며 헛되고 헛되니 모든 것이 헛되도다" 한 전도서의 줄기세포들을 떠올리지 않을 수 없다.

2. 인간의 현실주의적 한계상황 및 존재론적 한계상황

또 다시 말하자. 이귀영의 『그린마일』 시편들에는 '악덕의 대유행'에 침묵하고 있는 '현재의 하느님 상황'에 대한 탄식과 슬픔으로 가득 채워져 있다. 단순하지 않은 것은 '현재의 하느님 상황 목록'에 인간의 현실주의적 한계상황을 넘어 존재론적 한계상황 또한 포함시키고 있는 점이다. 혹은 존재론적 한계상황을 의미하는 그린마일에 현실주의적 한계상황을 포함시키고 있는 점이다.

우리가 춤추는 여기가 낙원이 아니라고 하라
여기가 아닌 그곳으로 나무가 걷는다
폭풍을 안고 나부끼면 사물들은 마구 달아나고
희극은 마구 달아난다 나는 마구 달아난다

　　　　　　시린 뼈가 드러난다

—「그린마일 15 — 길」 부분

　"우리가 춤추는 여기가 낙원이 아니라"는 인식, "희극"에 비극성을 내포시키는 태도("희극은 마구 달아난다")들을 통해 인간의 현실주의적 한계상황 및 존재론적 한계상황을 각각 지적하고 있다. "시린 뼈가 드러난다"라는 구절은 현실주의적 한계상황 및 존재론적 한계상황을 동시에 말하고 있는 것으로 보인다.

3. 존재론적 한계상황

　존재론적 한계상황의 압권을 「景을 읽다」가 보여주고 있다. 여러 가지 해석 가능성이 있는 시이다.

　　　　　유월 중순 넉 달 가뭄 끝에

　　　　　논은 누런 수의를 입고

　　　　　논바닥 여기저기엔 가슴 갈라진

　　　　　깊은 흉터 뱀처럼 기어 다니고

　　　　　뚝방 어린 잡초는 자라기 전에 늙어

　　　　　허연 머리 날리던 어느 날

　　　　　비 온다는 소식을 들었다

　　　　　구름 한 점 없는

마른하늘을 이고

아이 하나가 거미줄 앉은 검은 우산을 쓰고 간다

애야, 비도 안 오시는데 뭣 하러 우산 쓰고 가느냐

네에, 우산을 써야 비가 오시지요

— 「景을 읽다」 전문

　"우산"을 쓴다고 비가 올까. 인간은 우산을 쓰면 비가 오게 할 수 있는 마술사적 존재인가. 아이러니라고 하지 않을 수 없다. "우산을 써야 비가 오시지요"라고 한 것은 존재론적 한계상황에 대한 '인간' 스스로의 自認이다. 존재론적 한계상황의 다른 말로 삶의 잔혹성을 말할 수 있다. 생노병사의 잔혹성, 자연재해의 잔혹성, 인간사의 잔혹성 등등. 잔혹성의 으뜸 중에 죽음에 대한 불안만 한 것이 있을까. 확실한 소멸, 그러나 불확실한 소멸 시간. 다음 구절에서 확실한 소멸에 대한 불안을 만날 수 있다. 무엇보다도 불확실한 소멸 시간에 대한 불안을 만날 수 있다.

다시 눈을 뜨지 못한다면 ……

생각은 꼭 현실로 이루어질 것만 같아

눈을 감고 잠을 잔다는 것은 위험한 일이다

— 「어떻게 눈을 감고 잘 수 있나」 부분

　다음 시도 존재론적 한계상황과 관계없다고 할 수 없다. 생태주
의적 한계상황도 존재론적 한계상황의 목록에 들어 있다.

　'지구평균온도가

　1도상승하면산과들에서재앙이시작된다

　2도상승하면바닷물이산성으로변한다

　3도상승하면아마존에도사막이생긴다

　4도상승하면남극빙하가완전히붕괴된다

　5도상승하면만인에대한만인의투쟁이일어난다

　북극빙하가녹고거주가능지역전쟁이다

　6도가상승하면전멸이다지구생명체대멸종이진행된다'는

　마크 라이너스의 악몽을 깬다 잠에서 깬다

— 「마크 라이너스는 말한다 ― '6도의 악몽」 부분

　지구온난화에 의한 "생명체"의 "대멸종"을 전하고 있다. "인간
이라는 종은 고정되지도 않고 영원하지도 않다"는 다윈의 너무나
유명한 말. 넓게 잡아 300만 년 존재하고 있다는 '인류'라는 종, 1
억 5,000만 년 존재했다는 공룡이라는 종. 1억 5,000만 년이 영원의
개념에 가까운 것처럼 300만 년도 영원의 개념에 가깝다. 인류는
너무 오래 되었는지 모른다. 문제는 지구온난화에 의한 멸종이 먼
미래의 일이 아니라는 것이다. 여기에다 시베리아의 영구동토층
이 녹아 그동안 냉동 보존되어왔던 식물들이 이산화탄소를 뿜어

내기 시작한다면 지구온난화에 의한 멸종은 우리 세대에서부터 시작될지 모른다. 물질적 존재, 육체적 존재가 존재론적 한계상황과 또한 밀접한 관계에 있다. 뫼르소는 태양빛이 강렬한 바닷가 백사장에서 육체적 존재의 하수인이 된다. 한 아랍인에게 다섯 발의 총알을 발사한다.

> 왼손엔 시집을 들고 광고나 드라마나 클래식이나 뭐든 소리를 흘려놓고 시를 읽는다 쏘는 문장에 데이거나 베이거나 찔릴 때 열이 전도될 때 폭발점에 닿아도 가슴을 쥐었다 놓아도 오른손 작업은 치열하다 머리를 쓸어 올리다가 좁쌀 같은 머리 밑에 알갱이 더듬거리다가 기어코 긁어낸다 작은 딱지를 만날 때는 더욱 반갑다 두피에 붙어 있는 도드라진 것을 긁어 부스럼이 앉아 얇은 피딱지로 단단해졌을 때 그 제거 작업은 희열 […] 책을 든 왼손의 작업과 머리 숲을 누비는 오른손의 작업 속도가 비례한다
>
> —「멀티태스킹」부분

인간은 몸의 존재라는 것을 이렇게 아름답게 알릴 수 있을까. "쏘는 문장에 데이거나 베이거나 찔릴 때 열이 전도될 때 폭발점에 닿아도 가슴을 쥐었다 놓아도 오른손 작업은 치열하다 머리를 쓸어 올리다가 좁쌀 같은 머리 밑에 알갱이 더듬거리다가 기어코 긁어낸다"고 한 것, "책을 든 왼손의 작업과 머리 숲을 누비는 오

른손의 작업 속도가 비례한다"고 한 것들이 이귀영의 공력을 짐작하게 한다. 개별적인 것과 보편적인 것의 균형, 혹은 개별적인 것을 통해 보편적인 것을 보여주는 것은 문학예술의 '여전한' 덕목이다. "그릇된 예술은 사람들에게 이해되지 않을 수도 있지만 좋은 예술은 언제나 많은 사람에게 이해되는 것이다." "흔히 참으로 예술적인 인상을 받으면 그 사람은 이미 전부터 알고 있었던 것인데 다만 표현할 줄 몰랐던 것뿐이라는 느낌이 드는 것이다." 톨스토이의 『예술론』에 나오는 말들이다. 존재론적 한계상황의 절정을 『그린마일』 연작시들이 보여주고 있다.

> 어떤 일상의 일상
>
> 늘 마지막 날 늘 최고의 날 눈이 가는 만큼
>
> 누구의 구둣발에 마지막이 될지 모르는 순간을 지고 산다.
>
> [⋯]
>
> 어떤 비오는 날, 어떤 개화, 어떤 눈물, 어떤 만남⋯⋯
>
> 어떤 모든 순간은 이별의 절정
>
> 나는 천천히 천천히 속살을 다 끄집어내어
>
> 모든 은유를 핥으며 흔적을 지우며 간다.
>
> — 「달팽이 — 그린마일 4」 부분

　　"달팽이"의 삶을 통해 삶의 모든 순간들이 그린마일, 즉 존재론적 한계상황의 길이 될 수 있다는 것을 보여주고 있다. "누구의 구

둣발에 마지막이 될지 모르는 순간"을 느끼며 사는 자는 존재론적
한계상황의 삶과 동행하며 살고 있는 자이다. "나는 천천히 천천
히 속살을 다 끄집어내어/ 모든 은유를 핥으며 흔적을 지우며 간
다"는 이러한 존재론적 한계상황에 대한 반응이라고 할 수 있다.
'천천히 천천히 속살을 다 끄집어내어'는 '그럼에도 불구하고'[존
재론적 한계상황에도 불구하고] 전면적으로 살겠다는 것이다. '모
든 은유를 핥으며'도 마찬가지이다. 전면적으로 살겠다고 한 것이
다. '흔적을 지우며 간다'는 것은 '몰락 앞에 있는 현재'에 충실하
겠다는 것이다. 존재론적 한계상황에 대한 반응은 여러 가지가 있
을 수 있다.

> 백색열기 황색열기 흑색열기 갈색열기
> 다갈색열기를 앗아간 태양 검은태양; 아득히 점멸하는 울먹임
> 그 햇빛을 모아 태우는
> 에디뜨 삐아쁘의 검정원피스 장밋빛 인생을 부른다
>
> ― 「검정원피스」 부분

 "검은태양"은 아프리카의 태양을 표상하기도 하지만 크리스테
바를 상기하면 우울증을 표상하기도 한다. "백색열기 황색열기 흑
색열기 갈색열기/ 다갈색열기"는 인류에 대한 표상으로 보인다.
타자의 우울증을 인식한 자는 "울먹"일 수 있다. 그러나 시적 화자
는 에디뜨 삐아쁘는 "검정원피스"를 입고 "장밋빛 인생을 부른다"

고 하였다. 이것이 인생이라는 것이다. 조리에 맞지 않은 것이 인생이라는 것이다. 물론 존재론적 한계상황을 전면적으로 긍정하는 태도로 볼 수 있다.

> 겨울나무 사이에서 꾸물꾸물 속살 게워내는 나를 돕지 마라 스스로 탯줄을 끊고 스스로 있어야 하리 익숙한 몸 벗고 익숙지 않은 몸으로 삐져나오는 産苦 변신은 새 옷을 입는 것 비둔한 그레고르 잠자에서 장자의 나비로 비둔한 몸 꾸물거려도 아무도 밟지 않는 욕망 하늘을 꿈꾸면 언제나 떠날 수 있는 춤. 춤을 버린다 수많은 말발굽 파도여 오라 광풍이여 오라 우는 사자여 나를 범하라 너를 노젓는 내 이름은 날개이니라
>
> ― 「누가 내 이름을 묻는가」 전문

"나를 돕지 마라"고 하고 있다. "수많은 말발굽 파도여 오라 광풍이여 오라 우는 사자여 나를 범하라 너를 노젓는 내 이름은 날개이니라"라고 끝내고 있다. 한계상황을 자청하는 형국이다. "날개"처럼 가볍게 가볍게 "하늘"로 날아가주겠다고 하고 있다. 니힐리즘의 극단에 서면 이런 인식을 만나게 될까. 긴 제목의 다음 시도 니힐리즘의 극단을 떠올리게 한다. 동일한 것의 영원한 회귀가 니힐리즘의 극단과 관계있다.

> 죽으려구,

도주하지 못하잖아 아무리 달려도

이곳을 벗어나지 못하잖아

힘내어 죽어 버리려구!

그래서 다시 살거야!

다른 도시 다른 거리 다른 정거장 가로수 아래

나도 모르는 버젓한 모습으로

—「왜 점점 노래지니?
왜 땅에서 기기만 하니?
왜 다 타버렸니?
왜 다 벌거벗었어?
왜 그리 찌그러졌니?
왜 자꾸 울어?
왜 사니?」부분

"힘내어 죽어 버리려구!"라고 한 것이 존재론적 한계상황과 관계있다. 니힐리즘의 극단과 관계있다. "그래서 다시 살거야!/ 다른 도시 다른 거리 다른 정거장 가로수 아래/ 나도 모르는 버젓한 모습으로"가 동일한 것의 영원한 회귀, 즉 영겁회귀와 관계있다. 니힐리즘의 극단은 니힐리즘의 극복과 관계있다. 영겁회귀는 니힐리즘의 극복과 관계있다.

4. 현실주의적 한계상황

전쟁, 기아, 학살, 사형들은 욕망이라는 이름의 인간이 빚어낸 부조리의 극치이다. 현실주의적 한계상황의 극치이다.

1미터 아래 목에 매달린 무게

1분 후 뻣뻣해진 몸 ― 3분은 매달리게 하라

10분 뒤 사망 확인

그에게서 공포를 보았나

그에게서 경련을 보았나

그의 검은 눈썹과 수염 머리카락

입술과 눈 끝이 삐죽 올라서는 걸 보았나

초록 카펫을 걸어가는 그에게서

누가 그를 죽였나 ; 무엇이 그를 죽였나

오래 숨어 있던 그

*1937년 4월 28일 이라크 티크리트에서 태어나다.
1965년 옥중에서 국회의원 당선되다.
1968년 7월 바트당 쿠테타 주도 부통령 피선되다.
1979년 7월 이라크 대통령취임하다.
1980년 9월 22일 이란 대 이라크 전쟁 시작하다.
1982년 7월 두자일 마을의 시아파 주민 148명 학살하다.
1988년 3월 쿠르드족 할랍자 마을 주민 5000여명 화학무기로 살해하다.
1990년 8월 쿠웨이트 침공하다.
1991년 걸프전 패배하다.
2003년 12월 13일 고향 티그리트 인근 도피 중 은신처에서 체포되다.
2005년 10월 19일 두자일 학살 사건 재판 개시하다.
2006년 12월 30일 현지시간 오전6시(한국시간 낮12시경) 교수형.

― 「사담후세인* ― 그린마일 13」 부분

　이라크 전쟁? 대부분 고개를 갸웃거릴 것이다. "전쟁"을 고발하
고, "학살", "살해", "사형"들을 고발하고 있다. 인간에 의한 인간의

사형["교수형"]을 고발하고 있다.

> 1미터 아래 목에 매달린 무게
> 1분 후 뻣뻣해진 몸 — 3분은 매달리게 하라
> 10분 뒤 사망 확인

교수형 당하는 "사담 후세인"에 대한 묘사/서술이다. 직설적으로 "사형폐지운동"을 주창하는 「7일 후」도 주목된다.

> 죄 없는 자가 돌로 쳐라! 사형언도를 내리는 자도 죄인 사형집행
> 자도 죄인 전쟁에서 죽인 자도 죄인 전쟁에서 죽은 자도 죄인이
> 다. 꼬리를 문 죄인들 미워하는 것도 살인이라 하지 않았나?
>
> — 「7일 후」 부분

"죄 없는 자가 돌로 쳐라"고 2000년 전 하느님의 아들이 말씀하셨던가. 그러나 여태까지 사형제도는 폐지되지 않고 있다. 죄인이 죄인을 단죄하는 사형제도는 폐지되지 않고 있다. 하느님의 말이 먹혀들지 않고 있다. 하느님은 세계의 운행에 과연 관여하시는가. 현실주의적 한계상황의 절정은 「지금은 휴식 중」이다. 하느님은 세계의 운행에 관여하지 않고 계시다고 격정적으로 '고발'(?)하고 있다.

무관심의 시대 후회의 시대입니까

보시기에 좋았더라

보시기에 심히 좋았더라

모두모두 좋은 것 바람주시고 햇살 주셨는데

모자부터 신발까지 낡은 스톤워시 부르주아 빈티지 유행이

유즈드 유행이 여기엔 흥행하고 있는데

다이어트하느라 불임이 늘고 무기력해지고 있는데

당신은 소말리아 어린이들 아프리카 어린이들

패인 갈비뼈 사이로 검은 파리와 구더기 보여주시고

킬링필드 연탄재같이 쌓아놓은 해골 어둠을 보여주시고

김선일씨 참수 형장을 왜 보여 주십니까

불안에 총을 든 버지니아 대학의 살상을

천하에 노출시키는 죽음의 현장을

우리는 죽어갑니다 힘에 죽고 사랑에 죽고 불안에 죽고

자꾸 쌓이는 외로움, 두려움에 움푹움푹 죽어가고 있습니다

잠에서 깨어 다시 눈 감아야 하는 소식들

지금 살아계신지요 휴식 중이신가요

현재는 부패되어 이젠 버리시렵니까

내가 낡은 구두 버리듯이

30년 서랍 속에 넣어 둔 편지 버리듯이

거짓 친구 버리듯이 기억도 하지 않으시렵니까

[…]

잠시만 휴식하소서 부디 살아계시소서

— 「지금은 휴식 중」 부분

　맨 끝에서 "잠시만 휴식하소서 부디 살아계시소서"라고 '읍소하고 있다' [비아냥거리고 있다?]. 휴식하는 하느님은 하느님이 아니라는 것을 시적 화자는 알고 있을 것이다. 휴식하는 하느님은 무소불위의 하느님, 전지전능한 하느님이 아니라는 것을 시적 화자는 알고 있을 것이다. 무엇보다도 세계의 운행에 간섭하지 않는 하느님은 하느님이 아니라는 것을 알고 있을 것이다. 다르게 말할 수 있다. "당신은 소말리아 어린이들 아프리카 어린이들/ 패인 갈비뼈 사이로 검은 파리와 구더기 보여주시고/ 킬링필드 연탄재같이 쌓아놓은 해골 어둠을 보여주시고/ 김선일씨 참수 형장을 왜 보여주십니까"는 탄식의 노래이다. "불안에 총을 든 버지니아 대학의 살상을/ 천하에 노출시키는 죽음의 현장"을 보여주시는 하느님, 세계의 운행에 간섭하지 않는 하느님을 통해 현실주의적 한계상황을 보여주고 있다고 말할 수 있다. 「민들레」라는 시에서도 "미국 리버티섬 [자유의 여신] 동상 아래 기록 내용"인, "수고하고 무거운 짐 진 자들아 다 내게로 오라 내가 너희를 쉬게 하리라"(마태복음 11장28절)을 변용시킨 "고단한자들이여 가난한자들이여/ 자유를 숨쉬고자 하는 군중들이여/ 내게로 오라"를 인용하며 현실주의적 한계상황 위를 선회하고 있다. 「詩」에서는

저 城에서 의인 50을 찾으면

온 지경을 용서하리라

저 城에서 의인 40을 찾으면

의인 30을 찾으면

의인 20을 인하여

10인을 인하여 멸하지 아니하리라

라는 구약성경 구절을 인유하면서 의인 없는 '현실주의적 한계상황'을 고발하고 있다. 만인에 대한 만인의 투쟁, 성악설 등도 자본주의적 현실주의적 한계상황과 관계없다고 할 수 없다.

주사 맞으세요 개처럼 미치진 않아요

안돼 나는 쓴다

질긴 이빨로 내가 물어뜯고 싶은 이름을 으르렁

절대 놓지 않고 피를 보고야 말 이름을 으르렁

진작 광견에 물렸어야 했다

독이 퍼져 진작 너덜너덜 미쳤어야 했다

아, 이 세상 이름들을 어떻게 다 쓸까 이 끝없는 집념

— 「광견병」 부분

"집념"의 다른 말은 욕망이다. 욕망을 승인하는 것은 자본주의적 생활양식을 승인하는 것이다. 이러한 자본주의적 현실주의적

한계상황에 대한 반응은 「북극점」에서 볼 수 있다.

> 내가 태어나지 말았어야 했다 늘 空腹인 이 아픔
> 하늘을 채워도 더 벌어지는 만족이란 짐승의 아가리
> 빝끝이 닿지 않는 공포, 영원히 떠나지 않는
> 내안에서 꿈틀거림이 너, 내 몸이 너의 토양이라니,
> 무엇을 삼켜도 바람만 드나드는 검은 廢家에
> 검은 사단이 주둔하고 있다

— 「북극점」 부분

'괜히 태어났다'고 중광이 말했던가. 시인은 "내가 태어나지 말았어야 했다"라는 말로 현실주의적 한계상황에 응수하고 있다. 주목되는 표현은 "무엇을 삼켜도 바람만 드나드는 검은 廢家에/ 검은 사단이 주둔하고 있다"라고 끝낸 것. 특히 '사단이 주둔하고 있다'고 한 것이 주목된다. 사단은 군대용어이기도 하지만 기독교용어이기도 하다. 기독교에서 '사탄'과 똑같은 말로 사용한다. 인간의 몸에 사탄이 주둔하고 있다? 세계에 사탄이 사단 병력으로 주둔하고 있다?

5. 나가며

그럴까. 이귀영은 현실주의적 한계상황 및 존재론적 한계상황만 말하고 있을까. 세계의 운행에 간섭하지 않으시는 하느님, 세계의

운행에 대해 말할 수 없고 침묵하고 계시는 하느님만 말하고 있을
까.

  사방이 보고 있다 천정에도 벽에도 건물 밖에도 안에도 달리
는 자동차를 꿰뚫는 눈 골목에도 교회에도 목욕탕 벽에도 쓰
레기통 앞에도 놀이터에도

  사방이 보고 있다 달리며 스치는 시선에도 움찔하는데 발 닿
는 곳 몸 가는 곳 흔들리는 표정까지 기도하며 흐르는 진액까
지 벌거벗은 몸뚱어리 먹다 남은 음식찌끼까지 눈이 꽂힌다
화살이 박힌다 영혼까지 엿보는가 가슴 파도까지 엿보는가

—「천정에도 벽에도」 부분

  아마 '감시 카메라(혹은 CCTV)'에 자극을 받아 썼을 것이다. 혹
은 양심의 가책에 대해 말하려고 한 것인지 모른다. 사르트르가 맨
처음 얘기한 '시선공포'를 말하려고 한 것인지 모른다. 혹은, '원
초적 불안Angst'을 말하고 있는 것으로 보인다. 키에르케고르가 말
한 죽음에 이르는 병. 절망을 말하고 있는 것으로 보인다. 키에르
케고르는 불안·절망은 윤리적 존재를 거쳐 종교적 존재가 됨으로
써 최종적으로 해소될 수 있다고 보았다. "사방이 보고 있다"고 한
것을 윤리적 존재, 혹은 종교적 존재에 대한 알레고리로 보는 것이
다. '하느님이 보고 있다'고 한 것으로 보는 것이다.

하나님은 '없다'

그렇다 하나님이 '없다' 는 네 말이 맞다

네가 보는 하나님 네가 잡을 수 있는 하나님

너의 꿈 너의 지갑을 너의 배를 채우는 정도의 하나님

그 하나님은 '없다'

네 머리카락 숫자를 알고 계시지만

네 속셈과 네가 앉고 일어남을 알고 계시지만

네 모친 태에서 어떻게 지어졌음을 알고 계시지만

너의 하나님은 '없다'

하나님은 인정하는 자에게 '있다'

모르는 네게도 허락한 태양처럼 바람처럼

네가 죽은 듯 잠들어 있어도 잠들지 않는 하나님이 '있다'

최악의 시점에 달려올 친구 몇이나 되는가

아마 한 분이 달려와 손 내밀 게다

'없다' 고 한 그 부재의 존재만 너의 최후를 지킬 게다

67억 인구 중 한 존재자인 네가

최고의 존재로 인정받는 순간이 올 그 때를 당겨 볼 생각은 없는가?

'있다' 인가? '없다' 인가?

우리는 '없다' 이어도 그의 만물에 갇혀 '있다' 이다

쏟아 붓는 햇살 속에 우린 다 비슷한 길을 걸었지

태양을 향해 해본 건 손가리개해본 기억밖에 없는데

오늘도 사랑을 퍼붓고 있는, 눈으로 볼 수 없는 태양이

'없다' '있다'

— 「수감자 P에게 — '없다'란 '있다'를 내포하고 있다」 전문

　제목의 "수감자"는 아마 시집의 제목을 감안하면 현실주의적 한계상황 및 존재론적 한계상황을 걷고 있는, 즉 '그린마일'을 걷고 있는 자일 것이다. 우선 이귀영은 "'없다'란 '있다'를 내포하고 있다"는 철학적 副題를 통해 한계상황을 극복해내려는 의지를 보이고 있다. 이를테면 '色卽是空 空卽是色'이 내포하는 不二사상을 통해 한계상황을 극복하고 있는 것으로 보인다. 다름 아닌 '없다'와 '있다'라는 이항대립체계의 극복을 통해 한계상황을 극복하고 있는 것으로 보인다. 둘이 아니라는 것이다. '둘 중에 하나'가 아니라는 것이다.

　그래서 "하나님은 인정하는 자에게 '있다'"고 말할 수 있는 것이다. "부재의 존재"를 말할 수 있는 것이다. "우리는 '없다'이어도 그의 만물에 갇혀 '있다'이다", 혹은 "눈으로 볼 수 없는 태양"에 갇혀 있다는 당파적 표현도 그래서 나올 수 있는 것이다. 하느님이 만물에 갇혀 있다고 한 역설적 표현이 압권이다. 만물에 갇혀 있는 하느님은 '있는' 하느님이다. 그것도 중심에 있는 하느님이다. 하느님은 "눈으로 볼 수 없는 태양"과 같지만 태양이 존재하는 것처럼 틀림없이 존재한다는 추론도 압권이다. 시 「수감자 P에게 — '없다'란 '있다'를 내포하고 있다」의 끝 구절 "'없다' '있다'"

는 그래서 등장한 것이다. "'없다'"라고 말할 수 있지만(보이지 않으므로) 또한 "'있다'"라고 말해야만 하는 것이다. "눈으로 볼 수 없는 태양"은 그 이상의 것을 내포하고 있다. 하느님은 존재하고 있을 뿐만 아니라 ―태양이 세계의 운행에 절대적으로 관여하고 있는 것처럼― 하느님은 세계의 운행에 절대적으로 관여하고 계시다는 것이다. 태양처럼 "사랑"으로 관여하고 계시다는 것이다.

이제 우리는 '현실주의적 한계상황과 존재론적 한계상황'의 의미를 간파하게 된다. 현실주의적 한계상황과 존재론적 한계상황은 하느님의 존재를 전제로 한 것으로 보는 것이다. 현실주의적 한계상황과 존재론적 한계상황이 '하느님 존재 상황'에 대한 섭리라고 한 것으로 보는 것이다. 시 중간 부분을 다시 보자.

> 모르는 네게도 허락한 태양처럼 바람처럼
> 네가 죽은 듯 잠들어 있어도 잠들지 않는 하나님이 '있다'
> 최악의 시점에 달려올 친구 몇이나 되는가
> 아마 한 분은 달려와 손 내밀 게다

"최악의 시점"은 현실주의적 한계상황과 존재론적 한계상황을 함께 표상한다. 현실주의적 한계상황과 존재론적 한계상황이 "한 분"과 관계있다. 강조하면, 현실주의적 한계상황과 존재론적 한계상황이 '한 분의 존재'와 관계있다. 존재가 희망이다.

강윤순론

평
생

이
고

가
는

사
랑

평생 이고 가는 사랑
— 강윤순론

> 박쥐는 두 눈을 멋으로 달고
> 너를 잃은 나는
> 두 눈을 장신구로 달고
>
> 박쥐도 나도 어둠 속에
> 빛이 없는 눈알만 굴리고 있다
>
> — 강윤순, 「박쥐와 나」 부분

1. 들어가며

강윤순의 시편들 중에서 서시 「중재」를 주목하지 않고 지나갈 수가 없다. 「중재」는 여러 가지 점에서 주목에 값한다. 수작이다.

자물쇠가 채워진 입술은 차돌보다 단단했다 눈에서 빠져나온 빛들이 유리잔 속에 검은 철가루로 가라앉아 있었다. 달려온 바람이 관성의 법칙으로 자물쇠를 흔들었지만 금방 철가루 사이로 스며들었다 침묵은 칠흑보다 어두웠다 내가 라운드 테이블을 들고 입술 사이로 끼어들자 말랑말랑한 열쇠 하나가 나와 눈을 맞췄다 옹벽으로 둘러싸인 무대 앞에 서서 나는 실

오라기 하나 걸치지 않고 광대처럼 춤을 추었다 열쇠들이 서
서히 달아오르고 뜨거워진 열쇠들로 하여 자물쇠가 말랑말랑
해지기 시작했다 입술과 입술 사이의 어둠이 서서히 빠져나갔
다 철가루들이 바람을 타고 먼지가 되어 흩날리자 여기저기서
봇물처럼 열쇠들의 아우성이 터져 나왔다 마침내 벽면으로 실
뱀들이 기어 다니기 시작했다

— 「중재」 전문

한 마디로 "열쇠"와 "자물쇠"의 이야기이다. "뜨거워진 열쇠"와
"말랑말랑해"진 자물쇠의 이야기이다. 말랑말랑해진 자물쇠에 의
해 "봇물처럼 [⋯] 터"진 열쇠들의 이야기이다.

문제는 "라운드 테이블을 들고" 나타난 시적 화자 "나"이다. "말
랑말랑한 열쇠 하나가 나와 눈을 맞췄다"고 했으므로 '나'는 여성
성을 표상하는 자물쇠라고 할 수 있다. 중요한 것은 그 다음이다.

옹벽으로 둘러싸인 무대 앞에 서서 나는 실오라기 하나 걸치
지 않고 광대처럼 춤을 추었다 열쇠들이 서서히 달아오르고
뜨거워진 열쇠들로 하여 자물쇠가 말랑말랑해지기 시작했다

"무대 앞에 서서 [⋯] 실오라기 하나 걸치지 않고 [⋯] 춤을 추었
다"는 것은 나르시시즘을 표상한다. 혹은 억압된 욕망의 분출을,
수퍼에고에 의해 억압된 이드의 해방을, 표상한다. 앞으로 밝혀지

겠지만 강윤순의 시세계를 관류하는 것은 규율 규범을 강제하는 수퍼에고와 이러한 규율 규범의 수퍼에고로부터 벗어나려는 노력의 변증이라고 할 수 있다. 물론 대부분의 승리는 수퍼에고의 차지이지만.

이 시에 물론 다르게 접근할 수 있다. "내가 라운드 테이블을 들고 입술 사이로 끼어들자 말랑말랑한 열쇠 하나가 나와 눈을 맞췄다"에 다시 주목하는 것이다. 여성성이 먼저이고 남성성이 나중이라고 한 것으로 보는 것이다. 자물쇠가 먼저이고 열쇠가 나중이라고 한 것으로 보는 것이다.

세상은 자물쇠의 세상이라고 한 것으로 보는 것이다. 자물쇠에 의해 세상은 "중재"되고, 세상은 성립된다고 한 것으로 보는 것이다. 혹은 자물쇠가 열려야 세상은 중재되고, 세상은 성립된다고 한 것으로 보는 것이다. 문제는 자물쇠를 열기가 쉽지 않다는 것이다. 자물쇠와 대체의 관계에 있는 "입술"을 "차돌보다 단단"하다고 하였다. 입술의 "침묵은 칠흑보다 어두웠다"고 하였다. "철가루" 또한 反여성성에 대한 은유이다. 철가루는 여성성과 남성성의 결합을 어렵게 하는 역할을 맡고 있다.

자물쇠가 채워진 입술은 차돌보다 단단했다 눈에서 빠져나온 빛들이 유리잔 속에 검은 철가루로 가라앉아 있었다. 달려온 바람이 관성의 법칙으로 자물쇠를 흔들었지만 금방 철가루 사이로 스며들었다 철가루가 사라져야 여성성과 남성성, 자물쇠와 열쇠는 서로 결합할 수 있다. 자물쇠에 의해 세상은 중재된다고 하였다는 점에서 이 시를 괴테식으로 여성성의 중요성을 일반적으로 강조한 것으로 볼 수 있다. 괴테의『파우스트』는 "영원한 여성이/ 우리들을 저 높은 곳으로 끌어올린다"라는 합창으로 끝을 맺는다.

2. 자화상: 억압

시를 자화상이라고 할 수 있다. 고흐가 40여 점의 자화상을 그린 것처럼 시인도 수많은 자화상을 그릴 수 있다. 수많은 자화상이라고 한 것은 인간은 본시 분열의 존재이기 때문이다. 인간은 수많은 자화상을 가지고 있다. 그렇다고 주된 자화상을 부인할 수 없다. 압도적인 자화상을 부인할 수 없다. 강윤순 시인에게 압도적인 자화상은 '억압'이다.

나는 정원사가 아버지인

상자 속의 큐빅이었다

상자에 맞춰 밥을 먹었고

상자에 맞춰 말을 했었다

어쩌다 불쑥 튀어나온 기침은

여지없이 상자에 맞춰 구부러졌다

나는 늘 나를 꺾고 버려야

나로서의 내가 되었다
언제 어느 곳이든지
나를 줄이고 낮춰야 비로소
나로서의 내가 되었다

삼나무 잎 가위손이 내가 버린 팔목이다
씨름판의 골리앗이 내가 눌린 야망이다
산등에 걸쳐 있는 구름이 훨훨 내가 벗어던진 옷이다

— 「분재」 부분

'"분재" 그 자체'가 강윤순이었다. "꺾고 […] 줄이고 낮춰"서 만들어진 분재! 아버지는 실제의 아버지일 수 있고 규율 규범의 수퍼에고를 상징하는 아버지일 수 있다. 마찬가지인 것은 실제의 아버지 역시 '규율 규범의 아버지'라고 할 수 있기 때문이다. 분재와 동의어로 등장하는 것이 "상자"이다. "상자에 맞춰 밥을 먹었고/ 상자에 맞춰 말을 했"다고 하였다. "상자에 맞춰 구부러졌다"고 하였다. 규율 규범의 아버지가 없었다면? 강윤순은 "삼나무 잎 가위손", "씨름판의 골리앗", "산등에 걸쳐 있는 구름"이 되었다고 하고 있다. 삼나무 잎 가위손은 큰 인물을, 씨름판의 골리앗은 힘이 센 자를, 산등에 걸쳐 있는 구름은 자유를 상징한다. 이중에서 가장 주목되는 것은 '자유'이다. 강윤순은 자유가 아닌 질곡의 삶을 살았다.

이 시를 오이디푸스 상황(혹은 엘렉트라 상황), 혹은 오이디푸스 콤플렉스(혹은 엘렉트라 콤플렉스)로 접근할 수 있다. 아버지와 동일시되려는 마음을 가질 때 오이디푸스 상황에서 빠져나올 수 있다. 그러나 강윤순에게는 규율 규범의 아버지와 동일시되려는 마음을 가질 수 없었다. 아버지는 억압의 아버지였기 때문이었다. 억압의 아버지와 동일시되려는 마음을 갖기는 힘든 일이었다. 오이디프스 상황에서 빠져나오지 못했으므로 강윤순은 '오이디푸스 콤플렉스'에 걸릴 수밖에 없었다. 스스로가 규율 규범이 될 수 없는, 외부의 규율 규범에 끊임없이 시달려야 하는, 오이디푸스 콤플렉스에 걸릴 수밖에 없었다. '삼나무 잎 가위손', '씨름판의 골리앗', '산등에 걸쳐 있는 구름'이 될 수 없었다는 것은 규율 규범을 관장하는 자가 되지 못했다는 것을 고백한 것이다. 계속해서 규율 규범에 시달리며 살 수밖에 없는 수동자의 위치에 있었다는 것을 고백한 것이다.

다음의 「갭」도 같은 맥락에서 주목되는 시이다.

사진 속에서 웃고 있는 나는
웃음소리도 내지 못하는 큰 입을 갖고 있다

웃고 있는 사진 속의 나를 울고 있는 내가 본다
울고 있는 나를 보고 사진 속의 내가 웃는다
[…]

웃고 있는 사진 속의 내가

울다가 웃는 내 모습으로 완성된다

시간을 붙잡고 있는 사진 속의 나와

시간을 붙잡지 못하는 나 사이로

추억이 키네마처럼 흐른다, 흘러간다

— 「갭」 부분

"사진 속에"는 "웃고 있"지만 "웃음소리를 내지 못하는" "나"가
있다. 웃지만 웃음소리를 내지 못한다? 그로테스크한 상황, 희극적
상황, 궁극적으로는 억압의 상황과 관계있다고 할 수밖에 없다.

"웃고 있는 사진 속의 나"와 이것을 보며 "울고 있는 나"의 병치
도 그로테스크한 상황, 희극적 상황과 관계있다. 역시 억압의 상황
과 관계있는 것은 사진을 보고 있는 '나'가 억압의 상황을 떠올렸
기 때문이다. 웃을 수는 있지만 웃음소리를 낼 수 없었던 억압적
상황을 떠올렸기 때문이다.

"울고 있는 나를 보고 사진 속의 내가 웃는다"고 한 것이 압권이
다. 역시 울고 있는 나와 웃고 있는 나의 병치이므로 그로테스크한
상황, 희극적 상황과 관계있다.

울고 있는 '사진 밖의 나'를 보고 '사진 속의 내'가 웃고 있는 것
은 '사진 속의 나'가 '사진 밖의 나'를 위로하는 형국이다. '웃음소
리를 내고 웃을 수는 없었지만 다 지난 일인 걸' 하며 '과거의 나'

가 '미래의 나'를 위로하는 형국이다. 과연 '지난 일'일까. 억압의 상황은 극복되었을지 몰라도, 억압의 상황이 "추억"으로까지 승화되었을지 몰라도, 억압의 트라우마까지 극복되었다고 할 수 있을까. 우는 사람을 보고 웃는 것은 혹시 오불관언의 태도 아닐까. 혹시 '과거의 내'가 힘들었으므로 '미래의 나도 힘들어야 한다'는 악의가 담겨 있는 태도 아닐까.

'울고 있는 나'를 '웃을 수는 있지만 웃음소리를 낼 수 없는 사진 속의 나' 때문이기도 하지만 억압의 상황이 현재에도 지속되고 있기 때문이라고 볼 수 있다. 여전히 억압의 주체가 아닌 억압의 객체로서 살고 있기 때문이라고 볼 수 있다. 규율 규범의 아버지를 극복하지 못한 자는 규율 규범의 수퍼에고의 삶을 살 수밖에 없다. 능동적이 아닌 수동적인 삶을 살 수밖에 없다.

3. 자화상: 분열

'분열 그 자체'를 보여주는 시들이 많다.

> 나는 은사시 잎에서 바들거리기도 하고 붉은 장미 속에서 혀를 내밀기도 한다 풀잎 끝에 서서 깔깔거리기도 하고 바람 내세우고 수숫잎에서 사각거리기도 한다
> [⋯]
> 그러나 내가 색색깔의 요란과 찬란한 구린내와 열두 개의 꼬리가 있다는 것 아는 바위는 그 곁에 다가가기만 해도 입을 눈

을 가슴을 아예 잠가 버린다

—「아부」 부분

"은사시 잎", "붉은 장미", "풀잎", "수숫잎"만큼 강윤순은 분열되어 있다. "색색깔의 요란", "찬란한 구린내", "열두 개의 꼬리"만큼 강윤순은 분열되어 있다. 분열이 시간성과 밀접한 관련을 맺고 있다는 점에서 분열은 또한 '차연'과 관계한다. 시간의 흐름에 따라 변하는 자는 계속 연기되는 자이다. 「아부」는 고정된 자아를 부인하는 시, 따라서 '주체'를 부정하는 시였다. 문제는 자화상이다. 강윤순은 「아부」를 통하여 '주체가 없는 자화상'이라는 진경을 보여주었다.

갑자기 마디 속에서 달빛보다 차가운 피리소리가 들려요 레퀴엠의 언덕에 다다를 때까지 노래는 눈물이 될지 몰라요 그러나 어느 순간 카프리치오처럼 경쾌하게 왈츠를 출지 모르죠 그런 순간들을 기다리며 살 수밖에요

—「나이」 부분

역시 고정된 자아를 부인하고, 고정된 주체를 부인하고 있다. 자아는 계속 연기된다고 하고 있다. "차가운 피리소리", "레퀴엠"이 표상하는 비극의 "눈물"이 "경쾌"한 "왈츠"가 표상하는 희극의 웃음이 될 수도 있다고 하고 있다.

분열과 모순은 인접의 관계에 있다. 모순은 예술가적 인간형의 주요 항목이다. '반대로 사는 것' 또한 예술가적 인간형의 주요 항목이다.

> 나는 투표할 때 떨어지기를 기대하는 사람에게 도장을 찍는다 내가 간절히 바라는 일은 신이 언제나 질투하기 때문이다 그래서 나는 울어야 할 일에는 웃고 웃어야 할 일에는 운다 햇볕이 내리쬐는 날은 우산을 쓰고 비 오는 날은 양산을 쓴다 속옷은 겉옷으로 입고 겉옷은 속옷으로 입는다 금고는 활짝 열어놓고 쓰레기통은 자물쇠로 잠근다 나는 보고 싶은 것은 눈을 감고 보기 싫은 것은 똑바로 쳐다본다 그래서 나는 미워하는 사람을 사랑한다 정말 사랑하는 사람은 미워한다
>
> — 「반대」 전문

시적 화자는 모순된 삶을 사는 자이므로, 반대되는 삶을 사는 자이므로, 예술가적 인간형이라고 할 수 있다. 다르게 말하면, 예술가적 인간형은 합리적이기보다 비합리적인 삶을 산다고 할 수 있다. "울어야 할 일에는 웃고 웃어야 할 일에는 운다"라고 한 것이 비합리적이다. "금고는 활짝 열어놓고 쓰레기통은 자물쇠로 잠근다"라고 한 것도 비합리적이다.

예술가적 인간형들은 대부분 자본주의적 삶의 양식을 위반하는 삶을 살고 있다. 자본주의적 삶의 양식에 반대하기 때문에 '금고

는 활짝 열어놓고 쓰레기통은 자물쇠로 잠근다'라고 한 것으로 보는 것이다. "사랑하는 사람은 미워"하고 "미워하는 사람"은 "사랑한다"고 한 것은 역설이다. 사실일 수 있기 때문이다. 미움/사랑은 동전의 앞뒷면이다. 사랑이 미움을 낳고 미움이 사랑을 낳는다.

4. 자화상: 상처

'상처 없는 영혼이 어디 있으랴.' '상처의 자화상'을 말하지 않을 수 있을까.

> 허공에는 숨길 수 없는 길의
> 찢겨진 깃발이 색깔 별로 펄럭였다
>
> 이제, 나는 말랑거리는 두 손으로 딱정이 앉은 길 위에서 언
> 제까지 자신 있게 덤블링을 할 수 있다
>
> ― 「바퀴의 노래」 부분

상처를 숨길 수 있을까. "찢겨진 깃발이 색깔 별로 펄럭였다"는 것은 첫째, 상처는 숨길 수 없다는 것이고("펄럭였다"), 둘째, 상처가 여럿 있다는 것이다("색깔 별"). 무엇보다도 "딱정이 앉은 길"이 상처(혹은 상처의 자화상)에 대한 은유이다. 불행의 罰이 다시 불행이듯이 상처의 罰은 다시 상처일 수 있지만, 딱정이 앉은 상처는 다시 덧날 수 있지만, 시적 화자는 '딱정이 앉은 상처'를 재산으

로 간주하는 듯하다. "자신 있게 덤블링을 할 수 있다"고 하였기
때문이다. 딱정이 앉은 상처가 '자신감'이라는 재산을 주었다고
하고 있다. 세상에 대한 적대감도 '상처의 자화상'과 관계한다.

사내가 내 눈 속에서

바늘 하나를 꺼냈다

독침처럼 더 붉다고

무섭다고

다시 내 눈을 벌리고 들여다보더니

섬찟 물러서며

내 온 몸이 바늘로 뒤덮혀 있다고

녹여야겠다고

깡그리 없애야겠다고

끓인 쇳물을 내 눈 속에 들이부었다

머리끝에서 발끝까지 붓고 부으며

온몸이 욱신거리도록 나를 녹였다

용광로에 내가 송두리째 잠겼다

그런데 녹지 않은 바늘이 나를 찌른다

전보다 몇 천 배 나를 아프게 한다

용광로에도 녹지 않은 바늘이

나를 움켜쥐고 있다

― 「불멸」 전문

"온몸이 바늘로 뒤덮혀 있"는 자라니? 그것도 "독침처럼 붉"고 "무"서운 바늘이라니? 온몸이 바늘로 뒤덮혀 있는 모습은 고슴도 치를 연상케 한다. 고슴도치는 바늘로 적을 방어하거나 바늘로 적을 쫓아낸다. 이 시의 분위기를 볼 때 고슴도치의 바늘은 '적대감' 을 상징하는 것으로 보인다. 고슴도치의 바늘이 상징하는 적대감은 "끓인 쇳물"에서도 녹지 않는 것이었다. "용광로" 속에서도 녹지 않는 것이었다. 끓인 쇳물에도 녹지 않은 적대감이라니? 용광로에도 녹지 않은 적대감이라니?

이 시의 '문제'는 적대감 그 자체에 있지 않다. 바늘[적대감]이 궁극적으로 상하게 하는 것은 '적'이 아니었다. 바늘[적대감]이 '바늘[적대감]을 품은 시적 화자'를 찌른다고 하였다("녹지 않은 바늘이 나를 찌른다"). "전보다 몇 천 배 나를 아프게 한다"고 하였다. 여기서의 '전보다'는 '쇳물에 닿았을 때보다'이다. '용광로 속에 잠겼을 때보다'이다.

이 시의 전언은 첫째, 쇳물에 닿아서도 녹지 않은, 용광로 속에서도 녹지 않은, '그 천하의 바늘[적대감]'이 궁극적으로는 '적'을 상하게 하는 것이 아닌, 자기 자신을 상하게 하는 것이라는 것이다. 둘째, 바늘에 무방비 상태로 있다는 것이다. 상처에 무방비 상태로 있다는 것이다('바늘이/ 나를 움켜쥐고 있다'). "사내"는 시적 화자의 온몸에 덮혀 있는 바늘을 "녹여" 주려고 했지만 실패하였다.

사내 자체를 바늘로 볼 수 있다. 아니, '잊을 수 없는 사내에 대한 추억'을 바늘로 볼 수 있다. 사내는 시적 화자에게 자신으로부터,

자신에 대한 추억으로부터, 바늘처럼 콕콕 찌르는 추억으로부터, 벗어나라고 하였지만 시적 화자는 그럴 수가 없었다. 바늘은 '쇳물에도 녹지 않는, 용광로 속에서도 녹지 않는 바늘'이었다

5. '꿈의 세계'에 나타난 자화상

시는 곧잘 꿈의 세계로 비유되곤 한다. 꿈에서도 각각 은유와 환유로 대체되는 압축과 전치가 있기 때문이다. 가상세계(혹은 드라마)로 나타나기 때문이다. 꿈의 세계에 나타난 강윤순의 자화상은 어떤 것일까.

> 작은 구멍 사이로 수세미 뼈 같은 그이의 얼굴이 보였어요
> 그리고 한 여자가 도마 위에 나를 뉘어놓고 칼질을 하고 있
> 었어요 낑낑대는 신음소리와 탁탁 피 튀기는 소리, 여자는 내
> 인내가 고래힘줄보다 더 질기다며 칼 잡은 손이 부들거리고
> 있었어요 벌겋게 상기된 여자를 바라보며 그이의 얼굴에서 조
> 개젓보다 더 삭은 식은 땀이 흘러내리고 있었어요
>
> ─「아궁이 속으로 들어가는 여자」 부분

"한 여자"와 "나"는 동일인인 것으로 보인다. 시적 화자는 자신의 "인내"를 끝장내고 싶어하는 것으로 보인다. 인내와 인접의 관계에 있는 것들이 땀, 노고, 굴복 같은 것들이다. 땀, 노고, 굴복 같은 것들을 끝장내고 싶어하는 것으로 보인다. 여자는 "도마 위에"

자신을 "뉘어놓고" 자신을 "칼질" 하고 있다.

　문제는 "그이" 이다. 그이는 규율 규범의 수퍼에고일 수 있고, 그러니까 칼질하지 말라는 규율 규범의 초자아일 수 있고, 혹은 여자를 사랑하는, 혹은 사랑했던 사람일 수 있다. 사랑하는, 혹은 사랑했던 사람일 수 있다고 한 것은 "그이의 얼굴에서 조개젓보다 더 삭은 식은 땀이 흘러내리고 있었어요" 라는 표현 때문이다.

　　그런데 참 희한한 일이죠 그럴수록 내 머릿속이 후련해졌어요

　　온몸은 스폰지케익처럼 부드러워지고, 머리끝에서 발끝까지 난도질한 내가 바닥으로 자취도 없이 스며들고 있었어요

　　그리고 그곳에 영산홍보다 더 붉은 노을이 피어났어요 그 노을은 끝간 데 없이 붉게 붉게 퍼져나가고 있었어요

　　생솔가지 허리를 부러뜨리며 밥을 지을 때마다 나는 나를 벌건 아궁이 속으로 그렇게 밀어 넣고 있었어요

　　　　　　　　　　　　　　　— 「아궁이 속으로 들어가는 여자」 부분

　칼질을 당하는 여자, 혹은 칼질을 하는 여자의 "머릿속이 후련해졌"다고 하고 있다. "온몸은 스폰지케익처럼 부드러워"졌다고 하였다. 고통의 배설이라고 하지 않을 수 없다. 인내, 땀, 노고, 굴복의 배설이라고 하지 않을 수 없다.

　이 시를 그 이상으로 볼 수 있다. '그이'를 '꿈속에서' 재회한 것으로 보는 것이다. 이것이 여자에게 힘을 준 것이다. 증거는 "영산

홍보다 더 붉은 노을"이고 "벌건 아궁이"이다. 붉은 영산홍과 붉은 노을은 여성성을 상징한다. 특히 벌건 아궁이가 여성성을 상징한다. 「아궁이 속으로 들어가는 여자」를 '그이'를 ─비록 꿈속에서나마─ 만남으로써 '여성성을 회복한 여자의 이야기'로 볼 수 있다.

6. 자화상: 독한 사랑, 그리고 성화된 사랑

'사랑했던 사람'을 보내는 실습을 평생 하는 것도 강윤순의 자화상과 관계있다. 사랑했던 사람을 보내는 실습도 상처와 무관하지 않다. '평생'이라니? 강윤순의 그리움은 그만큼 모질고 독하다.

> 등을 싸안아주던 당신의 그 따뜻했던 입김과
> 산그늘보다 더 넓었던 뜰을 거두어 넣고
> 쌀 한 줌과 동전 세 닢으로
> 돌아올 수 없는 길을 떠나려는 당신
> 가시는 먼 길 환해지도록
> 진주알로 불 밝혀드리겠습니다
> 붉은 명정에 당신의 그 크고 깊은 뜻
> 알알이 새겨드리겠습니다.
>
> ― 「염습」 부분

권터 그라스는 『양철북』에서 다른 맥락에서이지만 진주목걸이는 인간의 목보다 오래 가며, 손목은 야위어도 팔찌는 야위지 않으며, 무덤 속에서 손가락이 없는 반지가 발견된다고 하였다. 「염습」에서는 "진주알"이 진주목걸이, 팔찌, 반지를 대신하고 있다. 시적 화자는 망자를 진주알이 변하지 않듯 영원히 기억하겠다고 하고 있다.

애절한, 애절한 사랑의 시이다. 잊혀지지 않는(혹은 변하지 않는) 것은 없다. 그러나 진주알에 "새"긴 '죽음'은 잊혀지지 않는다(혹은 변하지 않는다).

> 배롱나무 가지를 켜며 매미가 레퀴엠을 노래했나요 그 속에서 마흔셋의 한 남자가 걸어 나왔어요. 일에다 젊음을 저당 잡혔던 남자 깡 소주잔도 한껏 기울지 못했던 남자 입보다 눈이 먼저 웃던 남자 그 눈 속에 아이를 넣고 키우던 남자 그 남자를 따라 이십 년 전의 여자는 자꾸 허공을 거꾸로 걸어가고요 여자를 내려다보며 배롱나무에 앉은 매미는 꺽꺽 소리 내어 울고요 간헐천처럼 여름이 들끓고 있었어요
>
> — 「블랙홀」 부분

한 번 "블랙홀"에 빠지면 다시 나오지 못한다. 다시 나오면 블랙홀이 아니다. 한 번 사랑에 빠지면 다시 나오지 못한다. 다시 나오면 사랑이 아니다. 적어도 시적 화자에게는 그렇다. 시적 화자의 사랑은 '평생 이고 가는 사랑'이다. 평생 이고 가는 사랑의 농도는

변하지 않는다. 여전히 "들끓고 있"는 "간헐천"과 같다.

「블랙홀」이 '평생 이고 가는 사랑'의 원인을 직접적으로 말하고 있다면("마흔셋의 한 남자"가 죽었다) 다음 시는 평생 이고 가는 사랑의 원인을 우회적으로 말하고 있다.

　더 오를 곳 없는 이곳 마천루 지붕 위에 내가 앉아 있는데 볼 우물 깊은 당신이 찾아와요 당신이 오는 소리를 듣고 황등롱 밝힌 나뭇잎들이 몰려와요 웅성거리며 몰려와요 당신의 성화는 시작되고 […]

　포장 바닥에 나뒹굴어요 당신이 내게 온 날을 탈수기에 넣었더니 짙은 잉크가 빠져나가요 군데군데 얼룩이 남아있어요 당신을 기다리며 얼마나 고운 꿈을 꾸었는지 아니에요 얼마나 무서움에 떨었는지 그래요 얼마나 설레었는지 참담했는지 당신이 바싹 마른 손을 흔들면

—「가을, 비」 부분

평생 이고 갈 수밖에 없는 것은 "성화"된 사랑이기 때문이라고 하고 있다. 성화된 사랑은 석가의 사랑, 예수의 사랑과 대체의 관계에 있다. 석가의 사랑이 변하겠는가. 예수의 사랑이 변하겠는가. 성화된 사랑은 무서운 사랑이다. 본인도 고백하고 있다. "무서움에" 떤다고 하였다. 성화된 사랑을 연출하고, 성화된 사랑을 무서워하는 강윤순 시인. 그 다음에는 무엇이 남아있는가. 아니, 그 다

음에는 무엇을 보여줄 것인가.

7. 자화상: 독한 사랑 · 회억의 사랑

> 동전의 뒷면처럼
>
> 당신에게 붙어 있다
>
> [···]
>
> 나는 필요악
>
> 당신과 함께
>
> 어느 곳이든 머리를 내민다
>
> 언제까지고 당신을 결코 떨어져서
>
> 존재할 수 없는
>
> ― 「사랑」 부분 ①

> 숲이 숯으로
>
> 한 순간에
>
> 초록 숲이
>
> 검은 숯으로
>
> 까만 내장으로
>
> 연기 없이 타는 내장
>
> 연기처럼 사라진 너
>
> 네가 남긴 불씨가

나를 송두리째 태웠다

　　　　　　　　　　　　　— 「받침의 희언 2」 전문 ②

이제 그대와 나의 바다에는

뱃길이 닫혔어요

회상의 먼 바다로 배는

이미 떠나버렸어요

검은 커텐을 드리웠나요

　　　　　　　　　　　　　— 「창」 부분 ③

박쥐는 두 눈을 멋으로 달고

너를 잃은 나는

두 눈을 장신구로 달고

박쥐도 나도 어둠 속에

빛이 없는 눈알만 굴리고 있다

　　　　　　　　　　　　　— 「박쥐와 나」 부분 ④

　① 사랑은 정말 "필요악"인지 모른다. 종말이 반드시 올 것인 줄 알면서 사랑에 빠져 헤어나지 못한다. 몰락해준다.

　② "연기처럼 […] 너"가 "사라진" 순간 나도 사라졌다고 하고 있다. "네가 남긴 불씨가/ 나를 송두리째 태웠다"고 했기 때문이다.

비극적으로 소멸한 사랑! 아름다운 사랑의 노래라고 간단히 말할 수 있다. (나는 이 시에서 또한 시인 강윤순의 공력을 느낀다. 시인 강윤순에게 공력은 '지조'라고 말할 수 있다. '사랑의 비극적 소멸'을 아무나 감당할 수 있는 것이 아니다.)

③ 시인 강윤순의 자화상에서 회억 또한 중요한 목록을 차지한다고 말할 수 있다. "검은 커텐"이 "드리"워졌지만, 사랑하는 사람은 갔지만, 강윤순은 그를 보내지 못했다. "회상의 먼 바다"로 보냈다고 하고 있다.

④ "사랑을 잃고 나는 쓰네"로 시작해서 "가엾은 내 사랑 빈집에 갇혔네"로 끝나는 기형도의 「빈집」이 생각난다. "너를 잃은 나는/ 두 눈을 장신구로 달고" 있다고 하였다. 너만을 위한 눈이었다고 한 것과 같다. 지독한 사랑이 있었다. "빛이 없는 눈알만 굴리고 있다"라고 한 것도 압권이다. 그를 잃고서도, 눈을 잃고서도, '그'를 찾고 있는 형국이다.

8. 나가며

강윤순의 시세계를 관류하는 것은 규율 규범을 강제하는 수퍼에고의 파노라마라고 할 수 있다. '아버지'로 표상되는 규율 규범에 의한 억압 또한 있었다. '분열' 또한 억압과 무관하지 않았다. 규율 규범을 강제하는 이러한 수퍼에고의 한가운데에 '사랑의 죽음'이 있었다. 사랑하는 사람이 죽었지만 그 사랑에 여전히 집착하는 것, 혹은 지조를 지키는 것 또한 수퍼에고의 활약이라고 할 수 있기 때문이다.

'평생 이고 가는 사랑'은 지조와 인접의 관계에 있었다. 강윤순의 자화상 중 대부분을 차지하는 것은 '상처'였고, 상처의 대부분을 차지하는 것은 '사랑하는 사람의 죽음'이었다.

무의지적 기억이 있고 의지적 기억이 있다. 무의지적 기억은 벤야민의 용어를 빌면 경험의 기억이고 의지적 기억은 체험의 기억이다. 경험의 기억은 영속적 기억이고 체험의 기억은 순간적 기억이다. 경험의 기억은 대부분 어릴 때의 기억이고 체험의 기억은 대부분 성장한 이후의 기억이다. 마을시대의 기억과 도시시대의 기억으로 구분할 수도 있다. 마을시대의 기억은 잊혀지지 않는 기억이고 도시시대의 기억은 쉽게 잊혀지는 기억이다. 사랑하는 사람의 죽음이 잊혀지지 않는 무의지적 기억을 낳는다. 무의지적 기억으로서의 '사랑의 죽음'이라는 상처는 시적 화자 강윤순의 삶을 철저하게 규정하였다. 다음의 시도 무의지적 기억의 좋은 예이다.

아파트 거실에서 치매를 앓는
아흔의 어머니가 콩을 고릅니다
녹두, 팥은 다 버리고
용케도 어머니는 콩을 알아보고
콩밭에 앉은 콩새 노래가 들리는지
연신 콧노래 흥얼거리며 콩을 줍습니다
'콩밭 열무김치가 맛나게 익었는데

콩 팔러간 네 아버지는 언제 쯤 오려나'

어머니가 콩을 기억하는 이유는

콩이 푸른 빛이었을 때

그 안에 사랑을 저장했기 때문입니다

치매를 모르던 시절

뿜어내던 향기가

노오란 콩으로 뭉쳐 있기 때문입니다

— 「기억」 전문

 "치매를 앓는/ 아흔의 어머니"가 "기억하는" 것들이 있다면 무의지적 기억이라는 것이 있기 때문이다. 어머니는 아주 어렸을 때의 마을시대를 기억하고 있다. "사랑"의 "향기가/ 노오란 콩으로 뭉쳐 있"을 때를 기억하고 있다. 죽어도 못 잊을 노오란 콩!

허정애론

욕
망
의

배
출

·

트
라
우
마
의

배
설

욕망의 배출·트라우마의 배설
— 허정애론

> 나는 너에게 갇혔다.
> 사방이 허방인 무중력의 공간이다.
> 문이 없는, 모든 것이 문인
> 희디흰 어둠이다.
>
> — 허정애, 「시」 전문

1. 치유로서의 시쓰기

허정애는 시 「상상 속의 울림 —영감靈感」에서 시를 "내부 세계와 외부 세계가 하나 되는 순수한 울림"이라고 정의한 바 있다. 문제는 '왜 시를 왜 쓰는가'이다. 「치유」가 이에 대한 답을 주었다.

> 귓속에
> 희부연 회리바람이 인다.
> 좁은 구멍으로
> 수많은 물상이 기어나와
> 심장 속에 날카로운 소리들을 부어넣고
> 벌건 쇳물이 컨베이어 위를 지나듯
> 혈관을 타고 흘러

온몸에 독을 퍼뜨렸다.

[…]

드디어, 밤하늘 별 같은

무수한 결정을 쏟아 놓았다.

— 「치유」 부분

"희부연 회리바람이 […] 심장 속에 날카로운 소리들을 부어넣"
는다고 한 것이 절실하다. '희부연'과 '날카로운 소리'의 공존이므
로 절묘한 공감각Synästhesie이라고 할 수 있다. 그러나 문제는 여기
에 있지 않다. 바람이 "온몸에 독을 퍼뜨렸다"고 하였다. 그리고
독이 "밤하늘 별 같은/ 무수한 결정"되었다고 하고 있다.

　허정애에게 시는 독을 밤하늘의 별들로 변화(혹은 승화)시키는
것이다. 무수한 결정들로 변화시키는 것이다. 조개의 아픔이 진주
로 변화되는 것에 비유할 수 있다. 진주가 조개의 치유의 징표라면
허정애에게는 '밤하늘의 별'이 치유의 징표이다. 허정애는 이번
첫 시집에 무수한 밤하늘의 별들과 같은 '치유의 시'들을 쏟아놓
고 있다. 치유는 독에서 출발한다. 독이 없으면 치유가 없다.

내가

없는 너의 이름을 부르는 것은

네가 남긴 입맞춤 그 독毒으로

나의 살아 있음을 확인하기 때문이지.

— 「습관의 힘」 부분

"독"이 "살아 있음을 확인" 시켜주는 것이라면 독은 이미 '그 독'이 아니다. 독은 이미 치유의 독이다. 독이 치유의 독, 생명의 독일 수 있다는 진경을 펼쳐 보였다.

시가 치유라면 시가 욕망의 대상이 된다. 이를 구체적으로 입증해주는 시가 있다.

한 달 내내 한 편의 시를 쓰지 못해 우울이 심장을 꽉 죄는 날, 벽에 걸린 물방울 그림이 공허하다. 시간은 거침없이 흐르는데 물로 흐르지 못하는 그림 속의 물방울들, 생이 뭉텅 빠져나가고 붓자국만 흐릿하다.

— 「미궁」 부분

"물로 흐르지 못하는 그림 속의 물방울들"은 '흐르지 못하고 있는 시'에 대한 은유이다. "생이 뭉텅 빠져나가고 붓자국만 흐릿하다"는 생(혹은 생명)이 없는 시, '형태만 시로 보이는 시'에 대한 은유이다. 시가 만들어져야 치유가 실현된다. 욕망이 빠져나간다.

2. 욕망에 대하여

2.1 욕망의 탐색으로서의 시쓰기

독의 치유가 허정애가 시를 쓰는 이유에 대한 유일한 답은 아니다. 허정애의 시는 또한 시가 무의식에 내재해 있는 욕망의 세계에 대한 탐색이라는 것을 모범적으로 보여주고 있다.

한 밤중 잠결에
한참을 울먹였다는데
도무지 생각나지 않는 간밤의 꿈
그 실마리 찾을 길 없다.
눈 뜨면 어느새
한 줌씩 증발해버리고 마는
내 안의 나, 무의식 속의 영상들
또 하나 읽지 못한
삶의 페이지가 넘겨지고
시간의 자물쇠가 철컥 채워진다.

—「꿈이라는 텍스트」 전문

"울먹였다"는 것이 욕망과 관계있고, 또한 욕망의 좌절과 관계 있다. "간 밤의 꿈"은 일상에서의 이루지 못한 욕망의 반영이다. 일상에서의 욕망의 정체 또한 꿈속으로 그대로 이동되지 않으므로, 압축되고 전치되어 이동되므로, 알아내기가 쉽지 않다. 꿈은 또한 쉽게 잊혀지므로 알아내기가 쉽지 않다. 요체는 일상에서의 욕망의 진짜 정체에 대해 알고 싶다고 하는 것이다. "내 안의 나, 무의식 속의 영상들"에 대해 알고 싶다고 하는 것이다. 크게 보면

'나는 누구인가'에 대한 탐색이다. 나는 누구인가에 대한 '탐색 그 자체'가 허정애의 시라고 할 수 있다. '허정애의 정체'는 그 다음 문제이다.

'욕망의 탐색'을 노골적으로 보여주는 시들이 많다.

> 끊임없이 물결 일렁이는
> 무의식의 바다에서
> 맘껏 헤엄칠 수 있다면
> 아득한 미시의 것들을
> 만져볼 수 있다면
>
> 나는
> 단세포의 원생동물이라도 좋아
>
> — 「꿈의 유영」 부분

"꿈"은 무의식의 반영이다(이 시의 제목이 「꿈의 유영」이다). 그리고 "무의식의 바다"는 욕망의 바다이다. 욕망의 저장고이다. 그러므로 "미시의 것들을/ 만져"보기를 원하는 것은 욕망을 만져보기를 원하는 것이다. 압권은 이러한 본인을 "단세포의 원생동물"에 비유한 것이다. 단세포의 원생동물에게 있는 것은 말 그대로 '욕망'뿐이다. 라캉의 유명한 명제들 중의 하나인 '나는 타자다'는 '나는 타자의 욕망을 욕망한다'는 뜻이다. 내 안에 무수한 타자가 담겨있다는 것이다.

> 무슨 생각을 해? 당신은 물었지만 내 안의, 나의 이름으로 살고 있는 무수한 타자들의 생각을 나라고 어찌 다 알겠는가. 마는, 차창 밖 흔들리는 눈발에서 눈을 거두고 내 의식의 숭숭 뚫린 구멍 속을 들여다보았지. 오— 살찐 몸을 굼실거리며 참을성 있게 기다리는 분노의, 질시의, 비굴의, 영악의,…… 역한 벌레들이라니.
>
> — 「타자들에의 배려」 부분

타자들의 세계, 혹은 무의식의 세계가 더러운 욕망의 세계라는 것을 분명히 밝히고 있다. "분노의, 질시의, 비굴의, 영악의,…… 역한 벌레들"의 '분노' '질시' '비굴' '영악' 등이 초자아에 의해 억눌려 있는 욕망의 세목들이다. '역한 벌레들'이라고 한 것은 더러운 것들이라고 한 것이다.

2.2 욕망의 배출로서의 시쓰기

욕망하는 자아는 바흐찐의 용어를 빌면 원심력의 욕망이다. 원심력은 규율 규범들을 위반하려는 힘이다.

> 뜨거운 피를 빨며 꿈틀꿈틀 살아나는
> 무수한 욕망의 화신들

사이버 공간을 떠도는 익명의 존재처럼

상상 속 위반의 세계를 떠돈다.

— 「엽기 풍경」 부분

　허정애는 또한 "무수한 욕망"을 배출하고자 시를 쓴다. 욕망의
배출과 '위반의 세계'는 인접의 관계에 있다. 욕망을 배출하는 것
은 "위반의 세계를 떠"도는 것이다. 위반은 물론 규율 규범의 세계
에 대한 위반이다. 원초적 욕망이 담긴 날 것 그대로의 세계, 이드
의 세계, 에스의 세계에 대한 갈망이다. 문제는 "상상 속 위반의 세
계"라고 한 것이다. 상상 속 위반의 세계가 다름 아닌 문학 공간이
다. 사람들은, 쓰는 사람뿐만 아니라, 읽는 사람도, 상상 속 위반의
세계인 문학 공간에서 위반을 즐기고 위반을 배설한다. 아리스토
텔레스『시학』의 가장 중요한 항목 중의 하나가 바로 문학의 배설
의 기능에 관한 것이다. 구체적으로 말하면 격정의 배설이다. 격정
의 세계와 위반의 세계 또한 인접의 관계에 있다.

　가슴 밑바닥에서 적막의 먼지 피어오른다.

　이렇듯, 시쓰기를 향한 끝 모를 목마름은

　환영으로 전락해버린 그에 대한 반감일지도 아니,

　은밀히 숨쉬는 내 욕망의 대리보충일 것이다.

— 「냉정과 열정 사이」 부분

"그에 대한 반감"이 "시쓰기"를 시도하게 한다고 하고 있다. 나아가 시쓰기를 "은밀히 숨쉬는 내 욕망의 대리보충"이라고 하고 있다. '그'를 욕망의 구체적 대상이라고 볼 수 있다. 규율 규범을 위반하라고 하는 원심력의 화신이라고 할 수 있다. 그러나 규율 규범을 위반하기란 쉽지 않다. 규율 규범을 지키려는 초자아의 힘 또한 만만치 않다. 그래서 시를 욕망의 대리보충이라고 한 것이다. 초자아의 다른 말은 '사회적 자아'이다. 사회적 자아는 감정이 이끄는 대로 행동할 수 없다. 감정이 이끄는 대로 행동하면 사회적 자아에서 물러나야 한다. 이점에서 시인들은 행복하다고 해야 할까. 욕망의 대리보충으로서의 시를 쓰므로?

「슬픔의 핵 —시」가 욕망하는 자아를 감동적으로 그려내었다.

　그리고 당신은

　나를 어떻게 불러낼 것인가.

　먼지도 숨죽이고 있는 집안

　꼼짝없이 자리를 지키고 선 가구들

　자신의 본질만큼 팽팽히 공기를 밀어내고 있는

　장식품들 사이, 한계치에 육박한

　액체의 결집인 나를.

— 「슬픔의 핵 —시」 부분

"액체의 결집"이 욕망의 구체화이다. "한계치에 육박한/ 액체의 결집"은 한계치에 도달한 욕망의 구체화이다. 물론 부제가 '시'이 므로 중의적인 해석을 기대할 수 있다. "당신"을 시의 신 '뮤즈'로 보는 것이다. 한계치에 육박한 시적 갈망을 시의 신 뮤즈가 채워주기를 원하는 것으로 보는 것이다.

2. 3 사랑, 혹은 에로티즘

허정애의 욕망이 세속적 욕망과 전혀 무관하다고 할 수 없다. 허정애는 「다시, 광화문」에서

> 느닷없는 만남이 가져다준
> 존재의 홀가분함이여
> 광화문의 밤이
> 빛의 물결로 넘실거린다. 야릇한 기쁨이
> 뱃속 깊은 곳에서 꿈틀 솟구친다.
> 나는 내 예감의 바다에 떠오르는
> 불멸, 환상의 섬 하나를 본다.

라고 노래하고 있다. "느닷없는 만남"이라는 욕망의 실현이 "존재의 홀가분함"을, "야릇한 기쁨"을, 느끼게 한다고 하고 있다. 야릇한 기쁨이 "뱃속 깊은 곳에서 꿈틀 솟구친다" "불멸, 환상의 섬 하나를 본다" '욕망의 구체화'가 점층적으로 강화되고 있다. 야릇한 기쁨은 에로티즘을 동반하는 기쁨이다. 화자는 이 에로티즘을 동

반하는 기쁨을 영속적으로 느끼고 싶어한다. 끝없는 욕망의 파노라마! 영속적 기쁨이 있을까? 영속적 에로티즘(혹은 사랑)이 있을까? 영속적 기쁨이 있다면! 영속적 에로티즘이 있다면!

　욕망의 가장 중요한 세목 중의 하나가 '사랑, 혹은 에로티즘'일 것이다. 이것을 보여주고 있는 시들이 많다. 「기차와 별」, 「교감」, 「풍선」, 「당신의 이름을 부른다」, 「묵직한 자루」, 그리고 「빛이 있는 아침」들이 있다. 「묵직한 자루」와 「빛이 있는 아침」을 보자.

한 번은
내 뜻대로 되기를 기도했었지.
네가 오지 않으므로
내 온 정신의 깃을 부풀려
너의 환영 속을 달렸었지.
네게로 갈 수 있는 쉬운 길들은
내 자존의 자루에 눌러 담은 채
벽안의 너를 숨죽여 불렀었지.
지금도 나는
묵직한 자루 하나 메고 다니지.
네가 다닐만한 길목 어디쯤에
어쩌면 네게로 가는 길 한 둘
흘릴 수도 있겠지.

—「묵직한 자루」 전문

사랑이 떠난 후 내 안의 정원은

온통 빛의 반란이었다.

마른 하늘을 가르고

심연까지 내리 꽂히던 섬광들

생의 정점인 듯 피어나던

온갖 꽃들은

순간에 산화되어 버리고

보랏빛 창백한 윤곽만 나를 어지럽혔다.

그리고 뒤늦게

고통의 우레는 찾아왔다.

기억 저편 먼 길을 돌아

질긴 폭우를 동반하고.

— 「빛이 있는 아침」 부분

「묵직한 자루」에서 "내 온 정신의 깃을 부풀려/ 너의 환영 속을 달렸었지"라고 한 것이 '사랑'과 관계있다. '묘한 사랑'인 것은 "네게로 갈 수 있는 쉬운 길들"을 "자존의 자루" 속에 담았다는 것이다. 사랑에도 힘겨루기가 있다. 사랑에도 자존심이 있다. 전화를 먼저 걸 수도 있고 걸어올 때까지 기다릴 수도 있다.

「빛이 있는 아침」에서는 '그 사랑'이 얼마나 격렬했었는지를 보여주고 있다. "생의 정점인 듯 피어나던 […] 꽃들"이라고 하였다.

물론 "사랑이 떠난 후 내 안의 정원은/ 온통 빛의 반란이었다"는 표현, "마른 하늘을 가르고/ 심연까지 내리 꽂히던 섬광들"이라는 표현 또한 그 사랑이 얼마나 격렬했었는지 웅변하고 있다. 격렬한 사랑이었던 만큼 후유증도 컸다. "고통의 우레"라고도 표현하였다. "질긴 폭우"라고도 표현하였다.

　욕망은 끝나게 되어 있다. 사랑은 끝나게 되어 있다. 그리고 욕망은 다시 찾아오게 되어 있다. 그것이 다시 사랑일지라도. 허정애의 「빛이 있는 아침」에서 주목되는 것은 그러나 욕망의 충족 다음에 '보통의 일상적인 욕망'이 아니라, '신성과 관계있는 욕망', 혹은 '신성에 대한 욕망'이 찾아왔다고 한 것이다.

　　아가야, 그때 모두 쏟아버렸다.
　　내 뜰 안의 질퍽거리는 티끌
　　말끔히 비워버렸다.
　　이제 깃털처럼 가벼워졌으니
　　네 안에 나를 넣어 주겠니.

— 「빛이 있는 아침」 부분

　"아가"와 자신을 동일시하려는 태도가 아닐 수 없다. 아가가 신성을 표상한다면, 순수를 표상한다면, '신성과 순수'와 자신을 동일시하려는 태도가 아닐 수 없다. 신성에 대한 욕망이라고 했지만 '신성'과 '욕망'의 병치가 그로테스크하다. 신성에 대한 욕망은 다르게 말하면 '수도사적 삶'에 대한 갈망이라고 말할 수 있다.

　다르게 접근할 수 있다. 수도사적 삶 역시 신에 대한 '절대 순종·절대 사랑'을 표상하고 있다는 점에서 '일반적 사랑'(?)과 크게 다르지 않다. 둘 다 마조히즘과 인접의 관계에 있다는 점에서 크게 다르지 않다.

3. 소통에 대한 열망

3.1 소통에 대한 열망

　허정애의 시편들을 크게 관류하는 또 하나의 열쇠어는 소통에 대한 열망이다. 소통에 대한 열망은 다른 말로 하면 완벽한 세계에 대한 열망이다. 소통에 대한 열망과 사랑에 대한 열망은 인접의 관계에 있다.

　　창밖은 형형한 빛의 물결들

　　밤이 무르익는다.

　　마지막 책장을 덮은 N의 머릿속은

　　수많은 사유의 별들로 반짝인다

　　가끔 별과 별 사이 팽팽한 끈이

　　N을 숨가쁘게 한다.

　　N은 뜨거운 찻잔을 감싸들고 책상 앞에 앉는다.

　　모니터의 커서가 시작詩作을 재촉한다

　　N은 자신의 우주와 모니터를 수없이 오가며

소통의 줄을 찾는다.

— 「희부연 후광을 등진 실루엣」 부분

"수많은 사유의 별들"이 완벽한 세계와 관계있다. "모니터를 수 없이 오가"는 "커서"들이 그 완벽한 세계를 이루려는 수단이다. 그러나 완벽한 세계를 이루려는 '소통에 대한 열망'은 실패로 끝 나게 되어 있다. 그것이 대도시에서라면 더구나 그렇다. 「희부연 후광을 등진 실루엣」은 다음과 같이 끝난다.

빛나던 별들은 순식간 질서를 잃어버리고
맹렬히 충돌한다.
부서진 말과 파열된 이미지들이
N을 덮친다.

"빛나던 별들"이 "충돌한다"는 것은 완전성의 파괴를 의미한다. "부서진 말과 파열된 이미지들"이 그 잔해들이다. 이 시를 이미지 의 과열은 이미지의 파열을 낳고, 말의 범람은 말의 파괴를 낳는 다는 현대 인터넷 문화의 알레고리로 볼 수 있다. 언어들의 죽음은 「바람부는 벌판」에서도 나타난다.

철벽처럼 버티고 선 안개 신전의 세상
널브러진 언어들의 주검 위로

종일 환멸의 모래바람 불고

망령이 된 나는

아직 이 삭막한 벌판을 떠나지 못한다

— 「바람부는 벌판」 부분

세상은 앞을 보지 못하게 하는 "안개"의 세상이다. "언어들"(혹은 정보들) 때문이다. 너무 많은 언어들의 범람이 세상을 안개의 세상으로 만들고 있다. 언어들의 "주검"을 양산하고 있다. 요컨대, 소통을 불가능하게 하고 있다.

3. 2 대도시시

현대에서 소통에 대한 열망은 실패할 수밖에 없다는 것을 적나라하게 보여주는 것이 소위 '대도시시'들이다.

6차선 도로를 가득 메운 자동차들

그 사이를 곡예하듯 빠져나가는 오토바이들

서로의 어깨를 피해 잰 걸음을 걷는 사람들

모두가 한겨울 냉기를 안고

저마다의 속도로 달려가고 있다.

그렇게 겨울이 깊어갈 것이고

또 한 해가 저물 것이다.

하나뿐인 실체로 내게 존재했던 당신

    당신이 잊어지는 것처럼

    나도 잊혀질 것이다.

— 「낫을 든 크로노스」 부분

  "냉기"는 대도시의 냉기이고, '쉬운 망각'("당신이 잊어지는 것
처럼/ 나도 잊혀질 것이다")도 대도시에서의 쉬운 망각이다. 너무
많은 "자동차들", "오토바이들", "사람들"이 쉬운 망각에 기여한
다. 사실 대도시에서는 망각하지 않으면 살 수가 없다. 정체성을
지키려면 일찍이 짐멜이 지적한 대로 둔감한 태도, 냉담한 태도가
필요하다. 혹은 망각이 필요하다. 대도시에서 사람들은 대량생산
적으로 태어나서(차병원에서!), 대량생산적으로 사랑하다가, 대량
생산적으로 죽는다(삼성병원에서!). 「낫을 든 크로노스」는 대도시
에서의 대량생산적 탄생과 대도시에서의 대량생산적 죽음처럼 대
도시의 사랑 역시 대량생산적일 수 있다는 것을 실감케 하고 있다.

  대도시에서의 사랑은 또한 수많은 눈동자를 의식하는 사랑이다.

    냉기 감도는 마천루 숲속

    나무는 푸른 잎 가득 설레고 있다.

    마침내, 회색 구조물들 사이

    홀로 맴돌던 바람

    잎새 무성한 나무 곁에 선다.

사랑은 흔들림……

그러나 도시는
낮은 목소리로 말한다.
"저 번득이는 색유리 안
수많은 눈들이 널 보고 있어"

— 「도시의 연가」 부분

"마천루 숲속"이 대도시시라는 것을 알리고 있다. 「낫을 든 크로
노스」에서처럼 역시 대도시의 "냉기"를 말하고 있다. 문제는 "수
많은 눈들"이다. 수많은 눈들은 수많은 군중을 표상한다. 군중은
보들레르와 하임, 릴케 이래 대도시시에서 가장 흔히 나타나는 모
티브였다.

한순간, 하얗게 사라졌다 다가오는
들꽃 같은 군중들의 얼굴

— 「성聖 오월 — 고양 꽃 박람회」 부분

"들꽃 같은 군중"들은 '생명력의 군중들'이 아니다. 밀물과 썰물
로서의 군중을 말한 것으로 보인다. "한순간 […] 사라졌다"가 다시
"다가오는" 것이 "박람회"의 군중들이다. 대도시의 군중들이다.
「도시의 연가」가 간단하지 않은 것은 또한 시선, 혹은 '시선 공

포'를 말하고 있기 때문이다. 대도시에서의 삶은 시선들에 노출되어 있다. 시선 공포에 시달리고 있는 것이 대도시에서의 삶이다. 시선에 노출되어 있는 사랑은 분열된 사랑이기 쉽다. 시선을 의식해야 하기 때문이다. 시선을 의식하는 사랑은 온전한 사랑이 아니다. 온전하게 '소통'되는 사랑이 아니다.

'관계'에서 살아있음을 느끼려고 하는 것도 대도시(시)와 무관하지 않다. 대도시는 군중의 대도시이기도 하지만 고립(혹은 소외)의 대도시이기도 하기 때문이다. 「신의 아이들은 춤춘다」에서 '신의 아이들'은 '인간들'을 표상하는 것으로 보인다. 다음과 같은 구절이 압권이다.

> 누가 그녀를 유리의 집에 가두었을까.
>
> 거리의 사람들 유령처럼 통과하고
>
> 그 여자 아무리 팔 벌려도
>
> 따스한 풍경 잡히지 않는다.
>
> [⋯]
>
> 유린, 존재에서 존재로 옮아가는
>
> 살아 있음의 몸부림.
>
> — 「신의 아이들은 춤춘다」 부분

원래 존재와 존재 사이에는 불연속성이 존재한다. 이를테면 한 존재의 죽음을 다른 존재가 대신 느껴줄 수 없다. 그러나 존재와

존재들은 연속성을 추구(?)하고 싶어한다. '사랑, 혹은 에로티즘'
이 좋은 예이다. 바타이유는 에로티즘을 '죽음까지 파고드는 삶'
이라고 하였다. '사랑'하는 두 사람은 '죽음 속에서'[오르가즘 속
에서] 하나를 느낀다. 연속성을 느낀다. 시 「신의 아이들은 춤춘
다」에서는 "유리"를 연속성의 매개체로 보고 있다. 유린을 "존재
에서 존재로 옮아가는/ 살아 있음의 몸부림"이라고 하였다.

　물론 이 시는 대도시에서의 소통불능상황에 대한 알레고리이다.
"누가 그녀를 유리의 집에 가두었을까./ 거리의 사람들 유령처럼
통과하고/ 그 여자 아무리 팔 벌려도/ 따스한 풍경 잡히지 않는다"
라고 한 것이 이에 대한 예이다. '그녀'와 '거리의 사람들' 간에는
소통이 이루어지지 않는다.

4. 트라우마의 배설

　욕망의 배출과 트라우마의 배설은 동전의 앞뒷면이라고 할 수
있다. 욕망을 배출함으로써 욕망에서 벗어나고 트라우마를 배설
함으로써 트라우마에서 벗어난다. 「여름 삽화」와 「나의 털을 곤두
세우는 것이 나를 잡아끈다」들이 트라우마의 배설과 관계있다.

　　나는 어둡고 긴 자의식의 복도를 걸어간다. 길을 잘못 든 건
　　아닐까 생각될 때마다 몸의 피돌기가 멎는 듯 멀미난다. [⋯]
　　어둠의 저편에서 한사코 내 신경줄을 잡아당기는 것은 무엇일
　　까? 타르 같은 어둠이 눈썹 끝에 맞닿는다. 점액질의 현기증

이 나를 에워싸고, 나는 어디론가 광속光速으로 끌려간다. 백
겹의 거울 속, 과거와 미래의 무수한 내가 아우성친다. 검게
굳어버린 혀, 찢겨진 가슴, 파편의 몸뚱이들이 달려든다. 나
는 보는데 내 차가운 머리가, 내 뜨거운 가슴이 보이지 않는
다. 사라진 내 몸의 무게와 부피만큼 두 눈이 부풀어 오른다.
뭔지 모를 줄에 매인 내가 커다란 눈만 남은 내가 없는 나의
이름을 부른다.

— 「나의 털을 곤두세우는 것이 나를 잡아끈다」 부분

인용하지 않았지만 이 시의 각주에서 시인은 제목을 옥타비오
파스의 『활과 리라』에서 빌려왔다고 밝히고 있다. 이미 제목이 트
라우마와의 밀접한 관련성을 암시하고 있다.

시는 자신을 보는 것이다. 걸어온 길을 보는 것이다("나는 어둡
고 긴 자의식의 복도를 걸어간다"). 걸어온 길을 보고 걸어온 길을
성찰하는 것이다. 걸어온 길이 보이면 걸어갈 길이 보인다. 어떻게
살아야할 지가 보인다. 문제는 트라우마이다. "백 겹의 거울 속"에
비친 "과거"의 "무수한" 트라우마이다. "미래"를 덧붙인 것은 과
거의 트라우마가 현재를 결정하고 또한 미래를 결정하기 때문이
다. "검게 굳어버린 혀, 찢겨진 가슴, 파편의 몸뚱이들"이 트라우
마의 구체화이다. 트라우마는 보통 기억되지 않게 되어 있다. 의도
적으로 기억에서 지우려고 하기 때문이다. 그래서 나온 표현이
"내 차가운 머리가, 내 뜨거운 가슴이 보이지 않는다. 사라진 내 몸

의 무게와 부피만큼 두 눈이 부풀어 오른다"이다. 차가운 머리와
뜨거운 가슴으로도 트라우마는 꺼내지지 않는다. 그래서 '두 눈이
부풀어 오른다'는 표현이다. 두 눈이 부풀어 오르도록 트라우마를
안간힘을 다해 기억해내고자 하고 있다. 이 시만으로 볼 때 트라우
마를 꺼내려고 하는 노력은 실패한 것으로 보인다. "내가 없는 나
의 이름"은 진정한 내가 아니다. 트라우마를 잃어버린 나는 진정
한 나가 아니다. 중요한 것은 트라우마를 찾아가는 오디세우스적
여정이 허정애의 시적 목록에 추가되고 있는 점이다.

1
물결에 실려
컴컴한 꿈의 통로를 지난다.
손끝 하나 움직일 수 없지만
나는 모든 걸 의식한다.
통로 끝에서
환한 빛이 나를 끌어당긴다.
귓가를 스치는 아이들의 웃음소리, 첨벙대는 소리
그리고 웅성거림과 외마디 소리…
마침내 나는 모든 소리의 소용돌이 속으로
아득히 빨려든다.

2

사방은 조용했고, 햇볕은 뜨거웠다.

종일 볕에 그은 아이는

물에서 올려진 친구의 희디흰 발바닥과

두 짝의 낡은 운동화를

망연히 바라보았다.

부연 햇살이 천천히 나선을 그리고 있었다.

3

혼몽하게 가라앉는 의식 속에서

나는 홀로

롤러코스터를 타고 허공에 놓여 있다.

— 「여름 삽화」 부분

　「나의 털을 곤두세우는 것이 나를 잡아끈다」와 달리 이 시에서
는 트라우마의 배설에 성공한 듯 보인다. 트라우마의 내용이 확인
되고 있기 때문이다. 시는 "물결에 실려/ 컴컴한 꿈의 통로를 지난
다"로 시작하고 있다. 「나의 털을 곤두세우는 것이 나를 잡아끈
다」에서 "나는 어둡고 긴 자의식의 복도를 걸어간다"로 시작한 것
과 유사하다. 문제는 3절의 "혼몽하게 가라앉는 의식 속에서/ 나는
홀로/ 롤러코스터를 타고 허공에 놓여 있다"라고 한 것이다. 이것
은 악몽이다. '홀로'가 악몽의 내용이고 '허공에 놓여 있다'고 한
것이 악몽의 내용이다. 악몽은 물론 트라우마에 기인한 악몽이다.

시인은 이러한 악몽의 원인을 어릴 적 '익사할 뻔한 자신', 그리고 '익사한 친구'에서 찾고 있다. 1절에서 시인은 "마침내 나는 모든 소리의 소용돌이 속으로/ 아득히 빨려든다"라고 하였고, 2절에서 "물에서 올려진 친구의 희디흰 발바닥과/ 두 짝의 낡은 운동화를/ 망연히 바라보았다"라고 하였기 때문이다. 물은 하부, 혹은 하강과 관계있고 허공, 혹은 롤러코스터는 상부, 혹은 상승과 관계있다. 공통되는 것은, 그래서 시인이 트라우마의 기억화에 성공하게 된 것은, "혼몽하게 가라앉는 의식" 때문이었다. 물속에서도 의식은 혼몽하게 가라앉았고("마침내 나는 모든 소리의 소용돌이 속으로/ 아득히 빨려든다"), 롤러코스터를 타고 허공에 놓여 있을 때도 의식은 혼몽하게 가라앉았었다. 시인의 트라우마를 포착하는 능력이 놀랍다. 이것을 시적으로 형상화하는 능력이 놀랍다.

5. 연민의 배설

연민의 배설 또한 트라우마의 배설과 인접의 관계에 있다. 연민은 시인들의 천부적 덕목 중의 하나이다. 80년대 한국의 많은 시인들이, 19세기, 20세기 세계의 많은 시인들이 —이를테면 독일의 하이네, 프랑스의 사르트르, 러시아의 마야코프스키, 칠레의 네루다들이— 이웃의 불행 때문에 괴로워했다. 이웃의 불행은 시인의 불행이었다. 그들은 문학으로 세계를 변화시키려고 노력하였다.

연민의 감정이 유난히 발달(?)하면 시인이 되는 수밖에 없다. 연민은 격정 중의 격정이기 때문이다. 뱉어버려야 하기 때문이다. 그렇지 않으면 일상생활을 영위하기 힘들기 때문이다. 물론 성직자가 될 수도 있다. 성직자들은 신에게 연민을 맡기는 사람들이고, 시인들은 언어에 연민을 맡기는 사람들이다. 허정애는 시인을 택하였다. 언어에 연민을 맡기었다.

우리 오빠는 키가 커요. 버스를 타면 억새처럼 고개를 숙여야 하죠. 지금은 병원에 있어요. 두 다리를 잘라야 한대요. 술에 잔뜩 취한 밤, 거리에는 노란 장미가 지천으로 피어 있었대요. 몇 송이 제게 주고 싶었다나요. 자동차 불빛들이 꽃이라니요, 바보같이. 뺑소니가 문제예요. 죽지 않은 게 다행이죠. 우리나라 뺑소니 검거율은요…… 그런데, 원장 선생님 방은 어느 쪽이죠?

전동차의 오른쪽 문이 열리고 여전히 무표정한 승객들의 시선이 여자를 좇는다. 여자의 헐렁한 원피스는 불룩한 배에 들려 허벅지까지 올라가 있고, 아직 비릿한 맨다리에는 푸른 정맥이 들풀처럼 돋아 있다.

아, 어떤 식으로 이 작은 장미를 기록해야 할까?

—「혼자 얘기하는 여자 —3373호 전동차 안에서」전문

"아, 어떤 식으로 이 작은 장미를 기록해야 할까"로 끝낸 것이 압권이다. '아, 어떤 식으로 이 작은 장미를 기록해야 할까'는 브레히트의 동명의 시 제목이다. 소설가 황석영이 그의 소설 『오래된 정

원』에 인용해서 우리나라 인구에 많이 회자되었다. 필자도 필자의 연구서 『브레히트 시의 이해』의 표3에 이 시의 전문을 인용하였었다. '작은 장미'를 기록하고 싶은 것이 브레히트였고, 황석영이었고, 또한 허정애였다고 할 수 있다. 작은 장미에 대한 연민이 이 시를 쓰게 하였다고 간단히 말할 수 있다. 그래서 작은 장미에 대한 연민으로부터 벗어나려고 했다고 할 수 있다.

6. 나가며

허정애 시를 이해하는 열쇠어들로 '치유', '욕망의 탐색 및 욕망의 배출', '사랑, 혹은 에로티즘', '소통에 대한 열망', '대도시시', '트라우마 및 연민의 배설' 등을 말할 수 있다. 이중 가장 중요한 열쇠어들로 '욕망의 배출'과 '트라우마의 배설'을 말할 수 있다. 욕망의 배출은 '사랑, 혹은 에로티즘'과 인접의 관계에 있다. 욕망의 배출과 트라우마의 배설에서 허정애의 시적 능력이 가장 잘 발휘되었다. '새로운' 열쇠어로 대도시시를 말할 수 있다. 우리 시단에서 아직 미개척의 영역이라고 할 수 있는 대도시시에서 허정애 시인은 놀라운 공력을 보여주었다.

마지막으로 인용할 시가 한 편 있다.

나는 추억한다
네 눈먼 열정에 갇혀
생을 건 황홀한 춤을 출 때

너의 어깨너머 굴빛 궁륭 속으로

까마득히 날아오르던 새들을

그 자유로움을

　　　　　　　　　　　　　 ― 「숲의 노래 ―산불」 부분

　사랑에 생을 걸었다는 것은 목숨을 걸었다는 것이므로 자유가 아닌 구속拘束에 가깝다. '사랑이 아니면 죽음을 달라'고 한 것과 같다('자유가 아니면 죽음을 달라'고 한 것이 아니라). 그런데 허정애는 그 구속(혹은 "눈먼 열정")에서 자유를 보았다고 하고 있다. "새들"의 "자유로움"을 부러워하는 것이 아니라, 새들의 자유로움과 사랑의 구속을 동일시한 것이다. 사랑을 자유의 일부라고 한 것이다.

문현미론

형이상학적 분열 . 현실의 분열

형이상학적 분열 · 현실의 분열
— 문현미론

1. 들어가며

문학에서 진선미의 코드가 위력을 상실한 것은 아이러니컬하게도 바이마르 고전주의의 쉴러 이후부터이다. 아이러니컬하다는 것은 바이마르 고전주의는 조화 화해 균형 절제를 핵심 범주로 포함하고 있었기 때문이다. 조경식은 그의 학위 논문에서 쉴러가 추의 형상화를 근본적으로 부인하지 않았다고 주장한다(쉴러, 「예술에서 비열한 것과 저급한 것의 사고」). 추를 심미적 현상으로 간주하였다는 것이다.[1] 쉴레겔에 와서 아름다움/추함이라는 기존의 문학이해에서 완전히 벗어나게 된다. 쉴레겔의 이러한 문학이해를 짐작하게 해주는 글이 「그리스문학에 대한 연구」이다. 여기에서 쉴레겔은 미적취향이 자극적인 것으로zum Pikanten, 기발한 것으로 zum Frappanten 변해갈 것으로 예측하고 있다.[2] 요컨대 쉴레겔은 아

---

1) Kyoung-Sik Cho, Selbstreferentialität der Literatur, Bielefeld 1997, 75-76면 참조.
2) F. Schlegel, Kritische Ausgabe, hrsg. v. E. Behler, Padebor-München-Wien 1958, Bd. 1, 254면.

름다움/추함이 아니라, 선함/악함이 아니라, 흥미로움/지루함이
문학이해의 잣대가 되어야 한다고 보고 있다. 쉴러 경우의 연장선
에서 아름다움/추함을 포함한, 선함/악함을 포함한, 흥미로움/지
루함을 포함한, 모든 문학 현상을 심미적인 것으로 정당화시켜야
한다는 입장을 피력한 것으로 보인다.

　이른바 '추의 미학'이 전경화된 것은 보들레르문학과 자연주의
문학 이후일 것이다. 보들레르문학과 자연주의문학은 산업화 시
대의 문학이라는 점에서 공통점을 갖는다. 보들레르의 『악의 꽃』
과 『파리의 우울』은 산업화시대의 문학이었다. 산업화시대의 파리
풍경이 음화처럼 찍혀 있다.

　보들레르문학에서 벌써 자연주의문학, 즉 졸라의 문학, 하우프
트만 문학에 나타나는 가난, 병, 악덕, 범죄들이 등장한다. '추하고
역겨운 것'이 등장한다. "시인은 추로부터 새로운 매력을 일깨운
다." 보들레르의 말이다.[3] 보들레르문학과 자연주의문학은 또한
대도시문학이라는 점에서 공통점을 갖는다. 보들레르와 자연주의
에서 대도시문학이 본격적으로 시작되었다. '대도시시'가 본격적
으로 시작되었다.

　세상은 복잡해졌다. 하나로 포괄될 수 없었고 하나로 조망될 수
없었다. 세상은 분업화되었다. 세상은 분열되었다. 인간도 분열되
었다. 19세기 말·20세기 초의 양식다원주의도 이러한 관점에서 설
명될 수 있다. 자연주의·인상주의·신낭만주의·신고전주의·유

---

3) 후고 프리드리히, 『현대시의 구조』, 장희창 옮김, 한길사, 1996, 62면에서 재인용.

미주의·청춘양식 등이 병존·혼존·대립하였다. 19세기 말·20세기 초의 양식다원주의에 그 이후의 미래주의·표현주의·다다이즘·초현실주의 등을 포함시킬 수 있다.

인간의 분열은 데카르트, 칸트, 괴테를 통해 이미 암시되었다. 데카르트의 '회의하는 자아'에 대한 요구, 칸트의 '미성년상태로부터 벗어나 오성을 사용하라'는 요구들이 분열의 조짐이었다. 회의하는 자아, 오성을 사용하는 자아는 인간의 관점을 통해 '자연'을 대상화시켜 바라보게 하였다. 인간과 자연의 분열이었다. 인간과 자연의 분열만이 아닌 것은 '회의'와 '오성'이 聖經이 해준 것과 같은 절대적 확신을 인간에게 부여해줄 수 없었기 때문이다.

회의와 오성에는 이미 불안과 분열이 배태되어 있었다. 주체는 '위험에 빠진 주체'였다. 聖經이라는 '후견'이 빠진 주체는 위험에 빠진 주체였다. 괴테는 파우스트의 입을 통해 이 세상의 가장 안쪽을 붙들고 있는 것을 묻게 하였다. '이 세상의 가장 안쪽을 붙들고 있는 것은 무엇인가'라는 질문은 이 세상의 가장 안쪽을 붙들고 있는 것이 하느님으로 상징되는 聖經이 아니라는 것을 전제한 것이다. 괴테가 그래서 처음으로 파우스트의 입을 통하여 '두 개의 영혼'에 대해 언급하였다. 불안한 영혼, 분열된 영혼에 대해 언급하였다.

두 개의 영혼이, 아, 내 가슴 속에 살고 있구나.

괴테 이후 보들레르로 하여금 "이중 인간homo duplex"(「이중의 삶」)을 언급하게 하였다. 괴테가 죽은지 20여 년이 지난 후였다. 데카르트, 칸트, 괴테들과 보들레르가 언급한 분열이 다른 것은 보들레르가 언급한 분열의 원인이 聖經 否認이 초래한 것이 아닌, '본격적 산업화'가 초래한 것으로 보아야 하기 때문이다. 앞에서 말했듯이 세상은 복잡해졌고, 하나로 포괄될 수 없었고, 단 번에 조망될 수 없었다. 세상은 분업화되었다. 세상은 분열되었고, 따라서 인간도 분열되었다. 물론 聖經과 排置되는 회의와 오성의 사용이 본격적 산업화를 초래하였다는 점에서 보들레르의 분열을 聖經의 부인과 전혀 무관하다고 할 수 없다. 보들레르는 「裸心」이라는 아포리즘에서 다음과 같이 고백하고 있다.

> 모든 인간에겐 매 순간마다 두 개의 동시적 청원이 있으니, 하나는 신을 향한 것이요 다른 하나는 사탄을 향한 것이다. 신 혹은 정신성을 향한 호소는 한 단계 한 단계 상승하려는 욕구이고, 사탄 혹은 동물성에 대한 갈망은 하강하는 기쁨이다.(심재상 역)

지상에 살면서 천상을 동경하는 인간의 이중적 본성Doppelna-tur에 대해 얘기하고 있다. 분열을 인간의 공시적 조건 혹은 통시적 조건으로 말할 수 있다. 보들레르와 동시대인이라고 할 수 있는 하이네 역시 분열Zerrissenheit을 인간의 조건으로 보았었다. 고향 상실의 시대는 신을 잃어버린 시대라고 할 수 있다. 루카치가 『소설의 이론』
첫 머리에서 "별이 빛나는 창공을 보고, 갈 수가 있고, 또 가야만
하는 길의 지도를 읽을 수 있던 시대는 얼마나 행복했던가?"라고
말한 것은 신을 잃어버린 시대에 대한 알레고리라고 할 수 있다.

2. 형이상학적 분열

'모든 사람은 다르게 읽는다.' 수용미학의 금과옥조이다. 문현
미의 서시 「죄 하나 없다」를 읽으면서 다른 사람들은 이 시를 어떻
게 읽을까, '나하고 다르게 읽지 않을까' 라는 생각을 하였다.

> 겨울과 봄 사이
> 뼈 없는 바람이 언 뿌리를 휘감을 때
> 동백꽃 새악시 괜시리 수줍다
>
> 하늘과 땅이 모두 움트는 때
> 동박새 한 마리 꽁지를 추켜올린다
> 파르르, 첫 봄맛에 취해
> 그만 천기를 누설할까보다
>
> —「죄 하나 없다」 전문

문제는 끝행 "천기를 누설할까보다" 이다. 천기누설죄는 무죄다.
더 큰 문제는 천기누설죄의 '천기'가 무엇이냐는 것이다. 겨울이

오면 봄은 멀지 않으리(셸리)? 기다리지 않아도 오고/ 기다림마저 잃었을 때도 너는 온다(이성부, 「봄」)? 겨울은 강철로 된 무지개(이육사)? "겨울과 봄 사이"로 시를 시작하고 있기 때문이다. 이러한 접근이 그러나 부정되는 것은 둘째 연 셋째 행의 "첫 봄맛에 취해"라는 구절 때문이다. 첫째 연의 '겨울과 봄 사이'가 '첫 봄맛에 취해'로 변주되었다. 변증법적 구조라고 할 수 있다. 필자가 시에서 주목하는 것 중의 하나가 '반복'이다. 혹은 각운, 두운, 자음운들이다. 첫째 연 둘째 행의 "뼈 없는 바람"과 "언 뿌리"가 처음 읽을 때부터 필자의 뇌리에 각인되었다. 뼈와 뿌리의 두운, 혹은 쌍비읍의 자음운이 각인되었다. '공중에는 뼈가 없다'라는 말을 어느 노스님이 인용하는 것을 들은 적이 있다. 뼈 없는 바람이라고 한 것은 비어 있는 바람이라고 한 것이다. 구름이 비어 있는 것처럼. 특히 하늘[공중]이 비어 있는 것처럼. '언 뿌리'라고 한 것은 뿌리의 죽음, 혹은 뿌리의 부재를 喃하는 것이다.

　바람의 빔, 구름의 빔, 하늘의 빔, 뿌리의 부재, 혹은 죽음. 여기에서 필자는 신의 죽음, 신의 부재라는 말을 떠올린다. 신을 가장 중요한 뿌리라고 할 수 있고, 가장 중요한 뼈라고 할 수 있기 때문이다. 시인은 비급의 한 페이지를 펼쳤다. 거기에는 '부재하는 뼈와 뿌리', '부재하는 신'이라고 쓰여 있었다. 맨 처음 비급의 한 페이지를 펼친 것은 니체였다. 니체는 비급에서 '하늘은 텅 비어 있다'는 것을 읽었다. 그리고 신의 부재를 喃하였다. 신의 부재는 인간의 해방이 아니었다. 새로운 인식에는 대가가 따르는 법. 니체는 이탈리아의 토리노에서 미쳤고, 그리고 '영원한 죽음의 나라'로 갔다. 신의 부재는 내세의 부재이므로 '인간의 영원한 죽음'을 또한 의미하였다.

신의 부재에 대한 인식이 천기누설이었다고 할 수 있다. 혹은 신의 부재도 '봄을 막을 수 없다'는 인식이 천기누설이었다고 할 수 있다. 요컨대 신의 부재가 천기누설이었고, 그래도 봄은 막을 수 없다고 한 것이 천기누설이었다.

모든 사람은 다르게 읽는다고 말했었다. 단순히 "동박새 한 마리 꽁지를 추켜올"리는 행위를 천기누설이라고 한 것으로 볼 수 있다. '동박새 한 마리가 꽁지를 추켜올리는 행위'와 끝의 시 「뿌리」 끝 행의 "아슬아슬한 뿌리의 떨림"은 인접의 관계에 있다. 천기누설에서 천기누설로 끝나고 있다.

현대의 가장 중요한 열쇠어로서의 분열에 대해 앞에서 언급했었다. '모든 사람은 다르게 읽는다'는 수용미학의 금과옥조도 분열의 반영이라고 할 수 있다. 개인의 분열에 대해서도 말했었다. 괴테의 분열된 영혼, 보들레르의 이중적 인간에 대해 말했었다. 랭보가 처음 말해 그후 프로이트, 사르트르, 들뢰즈, 레비나스, 비트겐슈타인, 지라르 등에 의해 확인·검증된 '나는 타자다'라는 명제도 분열과 관계있다. 개인의 분열은 언어의 분열도 가져왔다. 언어 분열의 가장 가시적 예는 옥시모론이다. 김현승은 이를테면 「가을의 향기」 끝 연에서 "傷하고 아름다운 것들이여"라고 읊었다. 물론 아이러니를 말할 수 있다.

남쪽에선

과수원의 능금이 익는 냄새

서쪽에선 노을이 타는 내음…

산 위엔 마른 풀의 향기

들가엔 장미들이 시드는 향기…

당신에겐 떠나는 향기

내게는 눈물과 같은 술의 향기

모든 육체는 가고 말아도

풍성한 향기의 이름으로 남는

傷하고 아름다운 것들이여

높고 깊은 하늘과 같은 것들이여

— 「가을의 향기」 전문

　傷한 것을 아름다운 것이라고 한 것은 물론 아이러니이다. 김현승은 "능금이 익는 냄새", "서쪽 […] 노을이 타는 내음", "마른 풀의 향기", "장미들이 시드는 향기"들이 傷하는 냄새라고 하였다. 그러나 이 傷하는 냄새들에서 김현승은 또한 아름다운 냄새를 맡는다. 아이러니가 역설이 되는 순간이다.

　문현미의 「흑백사진」도 이 점에서 현대적이다. 끝 연을 보자.

기차는 다시

사람 냄새 나는 곳으로 미끄러져 가고

대합실엔

온기가 하관처럼 내려앉고

　문제는 "온기가 하관처럼 내려앉고"라고 한 것이다. 온기와 하관의 관계가 옥시모론이다. 온기는 생명과 관계하고 하관은 죽음과 관계하기 때문이다. 관 속에 누워있는 주검은 온기를 느낄 수 없고, 관 밖의 하관을 지켜보는 사람들도 온기를 느낄 수 없다. 물론 김현승의 경우처럼 여기에서도 아이러니와 역설을 말할 수 있다. 역설인 것은 땅 속은 '따뜻한 땅 속'이라고 할 수 있기 때문이다. 혹은 시인은 몰락에의 동경을 이렇게 표현한 것이 아닐까. 이런 해석이 가능한 것은 '비움의 미학' 때문이다. 「빈 몸」, 「겨울산」, 「길에 관한 명상」들에서 비움의 미학이 나타난다. 먼저 「길에 관한 명상」을 보자. "관"을 직접적으로 동경하고 있다.

나, 나에게 돌아가는 길은

하늘과 땅 사이 어디에 있을까

다만 관 속에 묻어갈 슬픔의 길만

남아 있을 것 같아, 목숨을 건너내야 할

— 「길에 관한 명상」 부분

"돌아" 갈 곳이 "땅"이 아니라고 하고 있다. 더구나 "하늘"이 아니라고 하고 있다. 말 그대로 "형이상학적 비극"에 대한 인식이라고 하지 않을 수 없다. 본질이 땅에 있지도 않고 하늘에도 있지 않다고 인식한 자의 비극!

> 아침 고요에 씻긴 겨울 바닷가 모래 위에
> 소라껍질이 가부좌를 틀고 있다
> […]
> 어느 귀한 사랑에게 모든 것을 바치고 하늘을 향해
> 가난의 노래를 부르는 빈 몸이여
>
> 밀고도 아득한 비바람에 깎이고 깎여 끝내
> 한 톨 모래로 내려놓을 단 한 번의 생이여
>
> ― 「빈 몸」 부분

시인은 또한 빈 "소라껍질"을 동경하고 있는 것으로 보인다. 빈 소라껍질은 "빈 몸"의 은유였다. '동경'이라고 한 것은 결국은 "아득한 비바람에 깎이고 깎여 […] 한 톨 모래로 내려놓을" 것이라고 했기 때문이다. '내려놓는 것'은 득도와 대체의 관계에 있는 것으로서 보통 동경해 마지 않는 것이기 때문이다.

이 시가 간단하지 않은 것은 여기에서도 분열을 말할 수 있기 때문이다. "한 번의 생"이라는 명사구로 끝내고 있기 때문이다. 한

번의 생은 하이데거의 철학에 자주 등장하는 일회성Einmaligkeit이라
는 말과 인접의 관계에 있다.[4] 시간에는 내면성이 없다. 시간은 비
정하게 흘러갈 뿐 다시 '그 시간'은 돌아오지 않는다. 삶의 일회성
을 의식하고 있는 자의 이름은 니힐리스트이다. 소극적 니힐리스
트가 있고 적극적 니힐리스트가 있다. 소극적 니힐리스트는 일회
성에 낙담하는 니힐리스트이다. '한 번의 생'에 낙담하는 니힐리
스트이다. 적극적 니힐리스트를 말할 수 있다. "한 톨 모래로 내려
놓을 단 한 번의 생이여"라고 한 것을 '한 번의 생'을 긍정하는 어
조로 보는 것이다. 비록 한 톨의 모래로 化할지도. 긍정의 증거
는 물론 내려놓는 것이다. '내려놓음으로써 완성'되는 생이다. 낙
담의 어조가 아닌 영탄(혹은 찬탄)의 어조로 보는 것이다. 이점에
서 「낙화 면류관」의 다음 구절도 주목된다.

> 가장 짙푸른 면류관을 쓰게 될
> 잎 목숨의 어느 즈음에
> 모든 걸 내려놓는 환희를 꿈꾼다

"환희"는 '낙화의 환희'이다. 「빈 몸」 식으로 얘기하면 "한 톨 모
래"의 환희이다. 혹은 「빈 몸」 식으로 얘기하면 '한 번의 생'의 환
희이다. 가장 짙은 면류관과 낙화의 변증, 한 번의 생과 한 톨의 모
래의 변증! 종합명제는 몰락을 포함한 삶의 전면적 긍정이다. 낙화

---

4) 삶의 일회성은 "세상에서 가장 풀기 어려운 암호"(「동행」)일지 모른다.

가 몰락이고, 한 톨의 모래가 몰락이다.

시 「시간 밖의 시간 속으로」의 "오직 한 사람"을 '내려놓는 것'
과 대체의 관계에 있다고 할 수 있다. 혹은 절대자 하느님과 대체
의 관계에 있다고 할 수 있다.

맨 처음의 눈과

맨 처음의 귀로

그대를 호흡하면

방향을 잃지 않을 겁니다, 내 생의 나침반은

오직 한 사람으로 인해

눈감고 살아온 무저갱의 날들이

가장 높푸른 날개를 답니다

— 「시간 밖의 시간 속으로」 부분

"가장 높푸른 날개"라고 했으니까 절대자 하느님 아래에 있는
'천사'라고 할 수 있다. 그렇다면 현세는 '공적 쌓기로서의 현세'
가 된다. "오직 한 사람으로 인해/ 눈감고 살아온 무저갱의 날들"
이라고 한 것은 의미론적으로 볼 때 당연한 언급으로 보인다. '눈
감고 살아온 무저갱의 날들'이 바로 '공적 쌓기'이다.

이러한 해석이 설득력 있는 것은 바로 위에서 "그대를 호흡하면/
방향을 잃지 않을 겁니다, 내 생의 나침반은"이라고 노래하고 있

기 때문이다. '방향을 일러주는 생의 나침반'은 절대자 하느님이
기 쉽다.

분열이 지배하고 있다. 좋은 말로 하면 갈등이다. 갈등이 지배하
고 있다. 현세에 대한 전면적 긍정과 내세에 대한 전면적 긍정이
갈등하고 있다. 다시 예를 들면, "한 톨 모래로 성불하게 될 한 번
의 생이여"에서 현세에 대한 전면적 긍정을 볼 수 있고, "오직 한
사람으로 인해/ 눈감고 살아온 무저갱의 날들"에서 현세에 대한
부인·내세에 대한 절대적 소망을 볼 수 있다.

절언이다, 처음부터 끝까지

달을 정수리에 이고 가부좌 틀면
수묵화 한 점 덩그러니

영하의 묵언수행!

폭포는 성대를 절단하고
무욕의 은빛 기둥을 곧추세운다

온몸이 빈 몸의 만월이다

「겨울산」 전문이다. 「빈 몸」에 이어 "빈 몸"을 동경하고 있다.

"빈 몸의 만월"로 끝내고 있기 때문이다.[5] 「빈 몸」과 다른 것은 일 견 '분열'을 떠올릴 수 없는 것으로 보이기 때문이다. "절언", "영 하의 묵언수행", "성대 [⋯] 절단", "무욕의 은빛 기둥"은 단호한 어 조들이다. 단호한 어조는 분열과 거리가 멀다. 다르게 말할 수 있 다. 첫째, "겨울산"과 시적 화자의 분열이다. "절언", "영하의 묵언 수행", "성대 [⋯] 절단", "무욕의 은빛 기둥"들은 겨울산의 것들이 다. 시적 화자의 것들이 아니다. 둘째, 동경에는 분열이 내포되어 있다고 보는 것이다. 지금 여기가 아니라. 다른 곳·다른 때를 동경 하는 것은 분열을 전제로 한다. 다시 강조하면 분열은 근대성의 가 장 확고한 특징이다. 이를테면 근대의 낭만주의도 '분열의 낭만주 의'였다. 18세기 말·19세기 초의 자본주의 생활양식에 대해 거부 하고 판타지의 세계·상상의 세계, 다른 말로 하면, '지금 여기'가 아니라 '그때 거기'의 세계에 몰입했기 때문이다.

노래에는 節이 있는 법이다. 찬송가는 보통 4節로 구성된다. 「겨 울산」이 1節이라면 「빙벽」은 2節이고, 2부의 서시 「동심冬心」은 3 節이다.

수억만 년 갈고 닦은
영혼의 결빙

간절한 투명의 결정 위에

---

5) "빈몸의 만월"도 옥시모론이다. 역시 분열과 관계있다.

수직으로 선

저 서릿발

아스라한 생의 결단이여

— 「빙벽」 전문

벌레처럼 움츠러드는
맨살을 뚫고
각을 세우는 얼음꽃

영하의 묵도 중이다

산정 바위들
비장한 간당에 들고
묘비명의 희미한 문장이 예민하다

무욕의 바람에 제 표정을 찾는
처음 마음

— 「동심冬心」 전문

「빙벽」의 "투명의 결정", "수직으로 선// 저 서릿발// 아스라한
생의 결단" 들, 그리고 「동심冬心」의 "각을 세우는 얼음꽃", "영하의

묵도", "비장한 간당", "무욕의 바람"들이 「겨울산」의 "절언", "영하의 묵언수행", "성대 […] 절단", "무욕의 은빛 기둥"들과 인접, 혹은 대체의 관계에 있다. 3부의 「겨울 목탄 스케치」는 4節이라고 할 수 있다. "동안거", "경전"들이 「동심冬心」의 "각을 세우는 얼음꽃", "영하의 묵도", "비장한 간당", "무욕의 바람"들과 「겨울산」의 "절언", "영하의 묵언수행", "성대 […] 절단", "무욕의 은빛 기둥"들과 인접, 혹은 대체의 관계에 있다. 5절까지 있는 찬송가도 있다. 6절까지 있는 찬송가도 있다. 2부의 「나목」을 보자.

감성의 촉수를 끊어버렸다

바람의 엄습을
오직 묵언정진으로

우듬지 끝에서 추사체로 세운 그대

— 「나목」 전문

절창이다. "묵언정진"이 「겨울산」의 "묵언수행"과 대체의 관계에 있다. 압권은 무엇보다도 맨 끝 연이다.

우듬지 끝에서 추사체로 세운 그대

아름다운 시각적 이미지를 보여주고 있다. 절대적 이미지일 수 있고, 상대적 이미지일 수 있다. 상대적 이미지일 수 있는 것은 우듬지 끝에 추사체로 서 있는 것이 쉬운 일이 아니라고 한 것으로 보는 것이다. 감성의 촉수를 끊고 묵언정진할 때 그런 경지에 올라설 수 있다고 한 것으로 보는 것이다. 역시 동경이다. 역시 분열이 전제되어 있다고 볼 수 있다.

3. 현실의 분열

문현미 시들에 자주 등장하는 "그리움"(「오래된 그리움을 위하여」), "꿈"(「첫 키스」, 「어느 모순」, 「불 좀 켜주세요」)이라는 말들도 동경과 대체의 관계에 있는 것으로서 역시 분열을 표상한다. 이를테면 현실과의 불협화음이 '꿈'을 낳는다. 다음은 「첫 키스」의 전문이다.

꿈이 지천에서
꽃무더기로 피어날 것 같은

이브의 눈길조차 아직 닿지 않은
새벽 강의 안개 능선 따라

찬란한 떨림의 순간에
한 번의 호흡으로 경전이 되는

몸의 삼매경

"첫 키스"의 정황 및 정감을 묘사한 시인가. 혹은 첫 키스를 그리워하면서 쓴 시인가. 전자의 경우는 문제가 되지 않는다. 문제는 후자의 경우이다. 첫 키스를 그리워하게 하는 현재의 상황이다. 간단히 현실이 첫 키스 같다면 첫 키스를 떠올리지 않기 때문이라고 말할 수 있다. 동경은 동경의 조건이 있고, 마찬가지로 분열은 분열의 조건이 있다.

'분열의 압권'(?)은 「시가 있는 저녁」과 「갱년기」에서 나타난다. 물론 '현실'에서 기인하는 분열이다.

> ①하늘과 땅의 질서 대열에 끼인
>
> 행운을 어설프게 붙들고 말았다
>
> ― 「시가 있는 저녁」 부분

> ②우울한 생의 전깃줄 가까이
>
> 고압선이 흐르고 있어요
>
> [···]
>
> 치명적 전원에 감전될 것 같아
>
> 아무것도 보이지 않는 지금
>
> 아, 제발 스위치를 내리지 말아요!
>
> ― 「갱년기」 부분

①"하늘과 땅의 질서 대열"과 "행운"이 모순된다. 질서는 합리주의와 인접의 관계에 있다. 행운은 합리주의와 인접의 관계에 있지 않다. 합리주의는 행운을 기다리지 않는다. 목적합리주의는 '합리'의 미명하에 수단방법을 가리지 않고 행운을 쟁취하려는 것에 대한 명명이다. 무엇보다도 모순은 '하늘과 땅의 질서 대열에 끼임'과 '"어설프게 붙"듬'의 관계에서 나타난다. '어설프게'는 이를테면 '질서 대열'에 끼기를 자청하는 자가 쓰는 말이 아니다. '어쩌다 태어나게 되었다'는 말과 같다. 역시 세상과 거리를 취하고 있다. 세상과의 분열된 모습을 보여주고 있다.

②세상과의 거리, 세상과의 분열 또한 열쇠어들이다. ①과 다른 것은 새로운 세상을 청하는 모습이 적나라하게 드러나 있는 점이다. "치명적 전원"·치명적 "고압선"에 "감전"되기를 원하고 있다. 그래서 "아, 제발 스위치를 내리지 말아요!"라는 표현이다.

무엇보다도 현실과의 불화를 보다 적나라하게 보여주는 시가 「어느 모순」이다.

나의 불면을 쓰네
그대를 보면서
나의 좌절을 그리네
그대를 들으면서
나는 꿈꾸네

내 불면과 좌절과 미래가

바로 그대,

나와 그대의 거리

— 「어느 모순」 전문

현실은 '"불면"과 "좌절"의 현실'이다. 이 불면과 좌절의 현실에는 희망이 없다. 둘째 연에서 불면과 좌절과 "미래"를 한 묶음으로 "그대"라고 했기 때문이다. 첫째 연에서 "불면을 쓰네", "좌절을 그리네", 그리고 "나는 꿈꾸네"라고 한 것이 주목된다. '네'라는 각운을 갖추었다는 점에서 대등한 내용의 병렬로 간주할 수 있다. 결국은 불면과 좌절을 꿈꾼다고 한 것이다. 불면을 좌절을 꿈꾸는 사람은 도대체 어떤 사람인가. 「나의 수인번호를 묻다」에서

나 아니고 싶은 나에게

끈질기게 수인번호를 묻는다

라고 한 것도 역시 현실과의 불협화음과 관계있다. "수인번호"는 "양심"에 의한, 혹은 죄의식에 의한 수인번호이다. 혹은 규율 규범 규칙의 수퍼에고가 상기시키는 수인번호이다. "나 아니고 싶은 나"라고 한 것은 현실에서 벗어나고 싶다고 한 것이다. "가짜와 진짜인 내가 함께 연기하는/ 단막극 대본"(「단막극처럼」)에서 벗어나고 싶다고 한 것이다. 사회적 자아에서 벗어나고 싶다고 한 것이

다. 수퍼에고로부터 벗어나고 싶다고 한 것이다. 역시 현실과의 불협화음, 현실과의 분열을 강조하였다.

4. 나가며

분열을 자청하는 모습도 있다. 분열에도 장점이 있다. 분열이라는 병에도 장점이 있다.

> 고마워라 몰래 들어온 병이여
> 눈 뜨고 있어도 보이지 않던 것이
> 너로 인해 섬광처럼 돋보인다
>
> 몸에서 진액이 빠져 나가는 만큼
> 존재의 붓끝으로 경쾌한 포물선을 그린다
>
> ― 「병에게」 부분

고은은 "내려갈 때/ 보았네// 올라갈 때/ 보지 못한// 그 꽃"이라고 읊었다. 문현미는 "눈 뜨고 있어도 보이지 않던 것이/ 너로 인해 섬광처럼 돋보인다"라고 읊었다. "병"은 내려가는 것과 인접의 관계에 있다. 내려갈 때 우리는 올라갈 때 보지 못하던 것을 보게 된다. 올라갈 때보다 더 많은 것을 보게 된다. 분열이라는 병에 걸린 예술가들은 남들이 보지 못하는 것을 보는 사람들이다. 더 많은 것을 보는 사람들이다. 분열이라는 결핍 때문이다. 혹은 실제는 그렇지 않더라도 더 많이 결핍되었다고 느끼기 때문이다.

예술가들은 결핍을 채우려고 하는 사람들이라고 할 수 있다(혹은 분열을 메꾸려고 하는 사람들이라고 할 수 있다). 예술가들은 예술로 결핍을 치료하려는 사람들이라고 할 수 있다(혹은 분열을 치료하려는 사람들이라고 할 수 있다). 신경정신과 의사에게 결핍 · 분열을 토로하는 것과 같다. 신경정신과 의사에게 결핍 · 분열을 토로하는 순간 '결핍 · 분열'은 半減된다. 결핍 · 분열은 일회적 아우라를 상실한다. 결핍 · 분열의 예술작품을 수많은 사람들이 읽었다면 '결핍 · 분열'은 수만 분의 일로 줄어들지 모르는 일이다.[6]

이점에서 「병에게」의 두 번째 연이 주목된다. "몸에서 진액이 빠져나"간다고 하였다. 시 쓰는 일을 몸에서 진액을 빼내는 일이라고 한 것과 같다. 진액은 병이고 또한 진액은 분열이다. 진액이 빠져나간 "존재"는 "경쾌한 포물선을 그린다"고 하였다. 문학예술의 치료적 기능을 체험하고 쓴 시라고 할 수 있다.

문현미의 전체 시를 결핍 · 분열이라는 열쇠어로 접근할 수 있다. 형이상학적 불화 · 현실과의 불화에서 기인하는 결핍 · 분열을 詩로 해소 · 치료시키려는 노력으로 접근할 수 있다. 결핍 · 분열을 해소하고 치료한 결과로서의 시는 어떤 모습으로 나타날 것인가. 목가문학, 혹은 소박문학은 어떻게 나타날 것인가. 「가만히 그렇게만」이 주목되는 이유이다.

---

6) 박찬일, 「결핍이 시를 쓰게 한다」, 『시를 말하다』, 연세대학교출판부, 2007, 33-34면 참조.

산비탈 뱀딸기 유정한 숨결로

호기심 가득하다

오월 바람의 순한 눈동자

시샘하듯 지켜보고

벌통 드나들던 꿀벌들

달콤한 진액을

유난 쏟아내고 있다

꿈인 듯 야생이 된 두 사람

— 「가만히 그렇게만」 전문

분열이 아닌 합일의 시라고 할 수 있다. 자연을 '잃어버린 자연'이 아닌 것으로, 실제 앞에 있는 것으로 표상하고 있다. "산비탈 뱀딸기", "오월 바람", "꿀벌들", "달콤한 진액"들이 그 자연들이다. "유정한 숨결", "호기심", "시샘", '"유난 쏟아" 낸다'들이 자연과 인간을 매개한다. "야생이 된 두 사람"은 서로를 대상으로 삼지 않는, 분열되기 이전의, 자웅동체를 떠올리게 한다. 여기까지만 보면 목가문학이다. 소박문학이다. 목가라고만 단정 지을 수 없는 것은 "꿈인 듯"이라고 했기 때문이다. 쉴러는 "자연과 이상에 대한 호의가 지배적인 정서가 되었을 때 나는 이것을 비가적이라고 부른다"[7]고 하였다. 시인은 '결핍·분열의 天刑'을 선고받은 자인가.

김현신론

"누가 나의 월요일을
자꾸 가져가는가?"

"누가 나의 월요일을 자꾸 가져가는가?"
— 김현신론

> 단 하나의 순간
>
> 너는 수많은 순결을 가진다
>
> 무한히 차가운 독
>
> 무너지는 이빨
>
> — 김현신, 「이런 것들이」 부분

1. 들어가며

비슷하게 계속 도망간다. 푸가의 기법이다. 물론 대위법과 무관하다고 할 수 없고 라이트모티브Leitmotiv와 무관하다고 할 수 없다. 문제는 똑같지 않게 도망가는 것. 똑같으면 잡힌다. 끝난다. 비슷하게 계속 도망친다. 살아서, 살아남으려고.

> 내 목에는 목도리가 길게 늘어져 있다
>
> 눈 내리는 소파, 책, 하얀 종이컵
>
> 또 다른 이야기가 모퉁이를 돌아가고 있었다
>
> 좋은 아침이죠?
>
> 하얀 날들이 하나씩 지워지던
>
> 펄럭이는 달력 한 장, 책 한 페이지

바람에 찢어지고 있었다

내가 알지 못했던 건

날마다 목도리가 한 장씩 늘어나고

내 목이 기웃거리고

벽에 걸린 그림처럼

이야기하지 않는다는 것이다

푸른 별들이 떨어져 있는 방

그들이 꼬리를 흔들며 내게로 온다

구석구석으로 숨어본다

매서운 바람이 부는 겨울날처럼

내 목을 내가 감고 있었다

따뜻한 목도리 하나,

낯선 생각에 내가 녹아내리고 있었다

책에서 꿈으로 가는 좋은 아침이었다

— 「좋은 아침이죠」 전문 ①

노을을 머리로 그려보는 저녁이다

성당의 돌기둥

색유리의 반짝임

노을이 쌓이고 모래바람이 분다

분수대 광장에 앉아 랭스턴휴즈의 시 몇 줄을

나에게 던져보는 저녁

수은등이 켜진다

신발을 잃어버리고 울었던 밤

사방에서 깨진 파편들이 반짝였다

손가락 사이로 핏덩이들이 튀어 오른다

교통사고는 아닌 것 같아;

마우스에 얹은 손등 위로 퍼지는

오르간의 선율

그 선율에 담겨 있을 노을

노트르담의 돌기둥

시월의 소네트

어떤 눈동자에 마음 베이는 저녁이다

당신을 만나 볼 것 같은 저녁

내 몸에서 시멘트 냄새가 난다

— 「플랫이 있는 창」 전문 ②

한 방울씩, 떨어졌다, 사라졌다, 달 속에 사라졌다, 맴돌았다, 거품 속을 맴돌았다, 흩어졌다, 거울 속으로 흩어졌다, 그리고 멀리, 길게, 흔들리고 있었다

한 방울씩, 눈물자국이, 달의 모습이, 떨어진 모습이, 흩어진 모습이, 거품이 되어버린 모습이, 맴돌던 모습이, 흔들리던 모습이, 내 눈동자에 찍히고 있었다

  한 방울씩, 떨어진 자국이, 달이, 흩어짐이, 거울이, 흔들리
던 모습이, 거품이 되어버린 모습이, 돌멩이를 적시던 눈물
이, 가장 멀리, 가장 길게 사라지고 있었다

— 「이별, 한 방울」 부분 ③

북극이라는 머나먼 여행길에 오른다는 건

가도 가도 끝없는 침묵 속에 몸을 맡긴다는 건
저녁강을 바라보며 융단 위를 걸어가는 건

그리고 난생처음 달빛 등을 타고 잔을 기울이는 건

빛과 어둠이 줄지어 흐르는 건

새벽 여명이 시작되는 것이야

라이반을 쓰고 사막을 넘어간다는 건

만져지지 않는 침묵 위를 걷는 다는 건

그림자 어른거리는 오아시스에 슬쩍 흘러들어 가는 건

붉은 구름 떼의 등을 떠밀고 북극에 이른다는 건

오늘을 기억 못하는 당신의 얼굴이야

　　　　　　　　　　　　　— 「향연」 전문 ④

　① "목"과 "목도리"가 계속 변주되고 있다. 변주되면서, 똑같이 되면 잡히므로, 변주되면서, 계속 도망치고 있다. a가 b로, b가 c로 변주되는 형국이다. "내 목에는 목도리가 길게 늘어져 있다"가 "날마다 목도리가 한 장씩 늘어나고/ 내 목이 기웃거리고"로, "날마다 목도리가 한 장씩 늘어나고/ 내 목이 기웃거리고"가 "내 목을 내가 감고 있었다/ 따뜻한 목도리 하나,/ 낯선 생각에 내가 녹아내리고 있었다"로 계속 도망친다. 시 한 편에서만 변주되는 것이 아니라 시 전편들이 변주되는 모습이다. 시 한 편이 다른 한 편으로, 다른 한 편이 또 다른 한 편으로 변주되는 형국이다. 김현신은 시집 한 권을 시 한 편처럼 구성해낸 것으로 보인다. 비슷하게 계속 도망가는 푸가를 換喩와 무관하다고 할 수 없다.

　② "색유리"가 변주되고 있다. 역시 a가 b로, b가 c로 변주되는 형국이다. "색유리의 반짝임"이 "사방에서 깨진 파편들이 반짝였다/ 손가락 사이로 핏덩이들이 튀어 오른다"로, "사방에서 깨진 파편들이 반짝였다/ 손가락 사이로 핏덩이들이 튀어 오른다"가 "어떤 눈동자에 마음 베이는 저녁이다"로 도망친다. 계속 똑같지 않게, 똑같이 되면 잡히므로 변주되고 있다. 잡힌다는 것은 끝난다는

것이다. 비슷하게 계속 도망치는 푸가는 轉置와 관련 있다.

③ 세 연 전부가 푸가와 관계있다. ①, ②와 다른 것이 세 연에 있는 정보 모두가, 남김없이, '푸가의 관계'에 있다는 점이다. 푸가의 전면화. 첫째 연과 전체적으로 비슷하게 둘째 연이 도망치고 있고, 둘째 연과 전체적으로 비슷하게 셋째 연이 도망치고 있다. 붙들리면 시는 끝난다. 비슷하게 계속 도망치는 푸가는 '等價의 원리로서의 인접의 축'과 인접 관계에 있다.

④에는 두 부분의 푸가가 있다. "북극이라는 머나먼 여행길에 오른다는 건// 가도 가도 끝없는 침묵 속에 몸을 맡긴다는 건// 저녁 강을 바라보며 융단 위를 걸어가는 건// 그리고 난생처음 달빛 등을 타고 잔을 기울이는 건// 빛과 어둠이 줄지어 흐르는 건// 새벽 여명이 시작되는 것이야"가 한 부분의 푸가이고, "라이반을 쓰고 사막을 넘어간다는 건// 만져지지 않는 침묵 위를 걷는다는 건// 그림자 어른거리는 오아시스에 슬쩍 흘러들어 가는 건// 붉은 구름 떼의 등을 떠밀고 북극에 이른다는 건// 오늘을 기억 못하는 당신의 얼굴이야"가 한 부분의 푸가이다. 내재율에 의한 압운으로 본다면 "오른다는 건" "맡긴다는 건" "걸어가는 건" "기울이는 건" "흐르는 건" "넘어간다는 건" "걷는다는 건" "흘러들어 가는 건" "이른다는 건"들이 푸가다. "새벽 여명이 시작되는 것이야"와 "오늘을 기억 못하는 당신의 얼굴이야"도 푸가의 관계에 있다고 할 수 있다.

2. 죽음의 푸가

첼란P. Celan의 「죽음의 푸가Todesfuge」(1952)는 다음과 같다. 앞 세 단락이다.

이른 아침 검은 우유를 마신다 우리는 그것을 마신다 저녁에
우리는 그것을 낮에 아침에 마신다 우리는 그것을 마신다 밤에
우리는 마시고 마신다
우리는 대기 속에 무덤을 판다 거기서 사람들은 좁지 않게 눕는다
한 사내가 집에 살면서 뱀들과 논다 그는 편지를 쓴다
그는 날이 어두워지면 독일로 편지를 쓴다 그대 금빛 머리
마르가레테
그는 그것을 쓰고 집 밖으로 나온다 별들이 반짝인다 그가
휘파람으로 사냥개를 부른다
그는 휘파람으로 유태인을 불러 땅에 무덤을 파게 한다
그는 우리에게 명령한다 이제 무도곡을 치라고

이른 아침 검은 우유를 우리는 너를 마신다 밤에
우리는 너를 아침에 낮에 마신다 우리는 너를 마신다 저녁에
우리는 마시고 마신다
한 사내가 집에 살면서 뱀들과 논다 그는 편지를 쓴다
그는 날이 어두워지면 독일로 편지를 쓴다 그대 금빛 머리
마르가레테

그대 잿빛 머리 줄라미트 우리는 대기 속에 무덤을 판다 거기서 사람들은 좁지 않게 눕는다

그는 외친다 너희들 중 누구는 땅속 더 깊이 구멍을 파라 너희들 중 누구는 노래 부르고 연주하라

그는 허리띠 쇠를 잡는다 그는 그것을 흔든다 그의 눈은 푸르다

너희들 중 누구는 삽을 깊이 파라 너희들 중 누구는 계속해서 무도곡을 치라

이른 아침 검은 우유 우리는 너를 마신다 밤에

우리는 너를 낮에 아침에 마신다 우리는 너를 마신다 저녁에

우리는 마시고 마신다

한 사내가 집에 살고 있다 그대 금빛머리 마르가레테

그대 잿빛머리 줄라미트 그는 뱀들과 논다

그는 외친다 더 달콤하게 죽음을 연주하라 죽음은 독일서 온 匠人

그는 외친다 더 어둡게 바이올린을 켜라 그리고 너희는 연기로서 대기 속으로 올라간다

그리고 너희는 구름 속에 무덤을 갖는다 거기서 사람들은 좁지 않게 눕는다

첫 단락에서의 "이른 아침 검은 우유를 마신다 우리는 그것을 마신다 저녁에/ 우리는 그것을 낮에 아침에 마신다 우리는 그것을 마

신다 밤에/ 우리는 마시고 마신다"는 둘째 단락에서 "이른 아침 검은 우유를 우리는 너를 마신다 밤에/ 우리는 너를 아침에 낮에 마신다 우리는 너를 마신다 저녁에/ 우리는 마시고 마신다"로 도망치고, 셋째 단락에서는 "이른 아침 검은 우유 우리는 너를 마신다 밤에/ 우리는 너를 낮에 아침에 마신다 우리는 너를 저녁에 마신다/ 우리는 마시고 마신다"로 도망친다. 첫 단락에서의 "우리는 대기 속에 무덤을 판다 거기서 사람들은 좁지 않게 눕는다/ 한 사내가 집에 살면서 뱀들과 논다 그는 편지를 쓴다/ 그는 날이 어두워지면 독일로 편지를 쓴다 그대 금빛머리 마르가레테/ 그는 그것을 쓰고 집 밖으로 나온다 별들이 반짝인다 그는 휘파람으로 사냥개를 부른다/ 그는 휘파람으로 유태인을 불러 땅에 무덤을 파게 한다/ 그는 우리에게 명령한다 이제 무도곡을 치라고"는 둘째 단락에서 "한 사내가 집에 살면서 뱀들과 논다 그는 편지를 쓴다/ 그는 날이 어두워지면 독일로 편지를 쓴다 그대 금빛머리 마르가레테/ 그대 잿빛머리 줄라미트 우리는 대기 속에 무덤을 판다 거기서 사람들은 좁지 않게 눕는다/ 그는 외친다 너희들 중 누구는 땅속 더 깊이 구멍을 파라 너희들 중 누구는 노래 부르고 연주하라/ 그는 허리띠 쇠를 잡는다 그는 그것을 흔든다 그의 눈은 푸르다/ 너희들 중 누구는 삽을 깊이 파라 너희들 중 누구는 계속해서 무도곡을 치라"로 도망친다. 셋째 문단에서는 "한 사내가 집에 살고 있다 그대 금빛머리 마르가레테/ 그대 잿빛머리 줄라미트 그는 뱀들과 논다/ 그는 외친다 더 달콤하게 죽음을 연주한다 죽음은 독일서 온 匠人/

그는 외친다 더 어둡게 바이올린을 켜라 그리고 너희는 연기로서 대기 속으로 올라간다/ 그리고 너희는 구름 속에 무덤을 갖는다 거기서 사람들은 좁지 않게 눕는다"로 도망친다.

왜 도망치는가. 죽음으로부터 도망치는 것이다. 흡사 쥐스킨트P. Süskind의 "좀머씨"가 죽음으로부터 도망치기 위해 끝없이 걷는 것과 같다. "검은 우유"는 독가스의 알레고리. "검은 우유를 마신다"는 아우슈비츠 등에서 독가스를 마시고 죽는 유대인들의 알레고리. 첼란은 필사적으로 도망친다. 잡히지 않으려고 똑같으면 잡히므로 똑같지 않게 필사적으로 도망친다. 그의 부모들은 잡혔다. 그의 형제들은 잡혔다.

3. 기억으로부터의 도망/기억 속으로의 도망

김현신이 필사적으로 도망치는 것을 죽음으로부터 도망친다고 단정지을 수 없다. 혹시, 기억으로부터 도망친다고 단정지을 수 있다. 혹은 기억 속으로 도망친다고 단정지을 수 있다. ①「좋은 아침이죠」의 뒷부분 "낯선 생각에 내가 녹아내리고 있었다"에 주목하는 것이다. 이어지는 "책에서 꿈으로 가는 좋은 아침이었다"에 주목하는 것이다. '꿈'은 기억과 밀접한 관계에 있다. ②에서는 기억으로부터의 도망이다. "사방에서 깨진 파편들이 반짝였다/ 손가락 사이로 핏덩이들이 튀어 오른다"에 이어 "어떤 눈동자에 마음 베이는 저녁이다"를 말하고 있기 때문이다. 시를 "당신을 만나볼 것 같은 저녁/ 내 몸에서 시멘트 냄새가 난다"로 끝내고 있기 때문이다. '당신'과 '시멘트 냄새'는 상호 절연의 관계에 있다. 기억으로부터 도망치려는 의도의 구체화다. ③은 기억으로부터의 도망과 기억 속으로의 도망의 변증이다. 첫 단락 "한 방울씩, 떨어졌다, 사라졌다, 달 속에 사라졌다, 맴돌았다, 거품 속을 맴돌았다, 흩어졌다, 거울 속으로 흩어졌다, 그리고 멀리, 길게, 흔들리고 있었다"는 '떨어졌다' '사라졌다' '맴돌았다' '흩어졌다' '멀리 흔들리고 있었다'에서 드러나는 것처럼 '기억으로부터의 도망'의 성격이 강하다. 둘째 단락 "한 방울씩, 눈물자국이, 달의 모습이, 떨어진 모습이, 흩어진 모습이, 거품이 되어버린 모습이, 맴돌던 모습이, 흔들리던 모습이, 내 눈동자에 찍히고 있었다"는, 거두절미하고, "내 눈동자에 찍히고 있었다"에서 확신할 수 있는 것처럼 기억 속으로의 도망의 성격이 강하다. 셋째 단락 "한 방울씩, 떨어진 자국이, 달이, 흩어짐이, 거울이, 흔들리던 모습이, 거품이 되어버린 모습이, 돌멩이를 적시던 눈물이, 가장 멀리, 가장 길게 사라지고 있었다"는 다시 '기억으로부터의 도망'의 성격이 강하다. 다시 강조해야 할 것은 역시 도망치고 있다는 것이다, 똑같이 않게! 첫째 단락과 셋째 단락이 같은 '기억으로부터의 도망'이지만 똑같이 도망치고 있는 것은 아니다. ④는 새로 만든 기억으로의 遁走다. 오늘을 잊고 싶은 화자의 '기억으로의 도주'다. 다음 시도 새로 만든 기억으로의 도주다.

밤이 오지 않는 도루 강가를, 강을 가득 안은 여행자가 익숙

하면서도 새롭다 어디선가 들려오는 만도린 소리, 착란을 열
어준다

— 「街角」 부분

(오늘을 잊고 싶은 자가 미래 또한 잊고 싶은 자가 되지 않을까.)
다음은 묵시론적 상상력이 빛나는 시들이다.

백야가 눈앞에 선다 문명과 문맹을 생각한다 삶을 상실한 우
주 난민을, 서로 교신할 수 없는 지구의 언어를, 생각한다 끊
어진 내게 보낸 교신을 생각한다

— 「시적 몽상 1」 부분 ①

나를 끌고 가는 건 한 자락 바람이다 부서지는 소리는 그가
들려 준 것, 그 소리는 허공의 신음소리, 이미 방향을 바꿀 수
없는, 발목을 끌고 간다

— 「memento mori」 부분 ②

① "문명"은 "문맹"으로 가게 될 것이다. "지구의 언어"는 사라
지게 될 것이다. 인간은 "교신"할 수 없게 될 것이다. ② "나를 끌
고 가는 건 한 자락 바람이다", 그리고 "허공의 신음소리"는 '죽음
을 기억하라'를 넘어 ― '바람'과 '허공'은 1차적으로 삶의 무상함
을 은유한다― 묵시론적 요청을 하는 것으로 보인다. 이미 임계점

을 넘어섰다는 것이다. "이미 방향을 바꿀 수 없"다고 하였다.

마이너스 일
플러스 일
손끝과 창틀에 낀 나를 본다

기억할수록 접히는 것들, 기억할수록
몸서리치게 빛나는 것들,
너는 창문 밖과 어둠 안에 있었고
나는 창문 안과 어둠 밖에 있었고

이런 것들이, 터널,
이끼 같은
불안, 누렇게 찌든
허공, 이라 말해본다

— 「이런 것들이」 부분 ①

내 안엔 두 개의 지렁이가 굴러다닌다 나는 이원론에 대해
잘 모르지만 그저 길이 하얀 벌레로 꼬물댄다 다른 길이 있는
지 두리번거리며, 눈알도 없이 책을 읽어도 혹 따라가 볼 만한
길이 있는지, 기억력 없는 활자들만 따라온다 나는 은유가 되
지 못한다 너에게 깔려버리는 비 내리는 저녁이다 뽈 눈을 이

리저리 더듬어도 두 개의 이론은 너무 넓어서 그 사이에 내 몸
은 끊어져 버린다

— 「내 생각의 이원론」 부분 ②

① 기억으로부터의 도망과 기억 속으로의 도망의 변증이 거행된
시다. "마이너스"와 "플러스"의 변증, "접히는 것들"과 "빛나는 것
들"의 변증, "창문 안"과 "창문 밖"의 변증, "어둠 안"과 "어둠 밖"
의 변증! 변증을 대체한다면 분열이 될 것이다. 갈등이 될 것이다.
분열과 갈등이 결국은 종합명제가 되는 셈이다. "이끼 같은/ 불
안", "누렇게 찌든/ 허공"들을 분열과 갈등의 구체화라고 할 수 있
다. ② "은유가 되지 못한다"고 한 것이 압권이다. 원관념과 보조
관념이 '하나'로 표상되지 못한다고 한 것이다. 그러나 "두 개의
지렁이"는 "이원론"의 은유였다. "두 개의 이론은 너무 넓어서 그
사이에 내 몸은 끊어져 버린다"라고 한 것은 '분열이 극대화된 모
습'을 표현한 것.

중립적 기억이 있을까. 저절로 생각나는 무의지적 기억이지만
아무 감정이 섞이지 않는 기억이 있을까. 김현신의 많은 기억의 시
들을 중립적 기억의 시들로 볼 수 없을까.

시월의 바람을 맞고 선다 나는 원근법 없는 육체에 대하여
나를 뚫고 지나는 빛에 대하여 생각한다

내가 머물던 빈자리가 둥글게 솟아오른다 지상으로부터 떨

어지는 기억들, 지상으로부터 솟아나는 기억들, 물과 꿈으로
빚은 나는 둥근 달빛이 된다

— 「이탈」 부분 ①

한 여름 죽은 나비가 호텔 로비를 날아다닌다
오래전 사라져간 날개이지만
파닥거리는 허밍 따라
작은 화분 속에 고여 있는 향기
잠시 눈동자가 흔들린다
바이올렛이 고마웠다
은빛 상어 떼가 흘러 다니는 여름 하늘

— 「나비의 아픔을 필요로 한다」 부분 ②

① "원근법 없는 육체"라고 한 것이 압권이다. 원근법 없는 감정
이라고 한 것으로 보인다. "나를 뚫고 지나는 빛"도 마찬가지다.
화자가 그 빛을 뚫고 지나가게 한 것으로 보인다. "지상으로부터
떨어지는 기억들, 지상으로부터 솟아나는 기억들"은 무의지적 기
억을 강조한 것이 아닌가. "둥근 달빛"은 '중립적 둥근 달빛' 아닌
가. 누구나에게 [보름달의] 둥근 달빛으로 보이지 않겠는가.

② "잠시 눈동자가 흔들린다/ 바이올렛이 고마웠다/ 은빛 상어
떼가 흘러 다니는 여름 하늘"을 중립적 기억으로 보는 것이다. "흔
들"렸지만 "고마웠다"고 하는 '자세', "여름 하늘"을 올려다보는

'여유'를 그렇게 보는 것이다.

4. 나가며

한참 도망치다 보면 왜 도망치는지 모르게 되는 것이 아닐까. 기억이 넘치더라도 그 기억으로부터도 자유스러워지는 것이 아닐까. 3세기 신플라톤학파의 플로티누스가 神聖을 이런 식으로 설명했었다. 神聖에는 의지가 있는 것이 아니라 충만이 있는 것이라고, 충만이 넘쳐서 다른 세계(이를테면 인간세계)로 이행한 것이라고.

오후 네 시 카페, 점 속의 시간,
나는 형광등의 수명을 기록할 뿐
지금은 케세라 세라
자유의,
자유의 끝 소절이 궁금한
거울 속 시간,

동시에 공간을 곁에 두고 싶은 향긋한
거울은 낙관적인 발목이다
기억으로 골목이 넘치고
걸음의 속도는 어제와 그리고 오늘인데,
어디를 방문하는 것일까

― 「편견, 살아야 하는 것」 부분

"형광등의 수명을 기록"하는 자는 더 이상 과거에 붙잡혀 있는 자가 아니다. "거울 속 시간"은 과거형이기도 하지만 미래형이기도 하다. "자유의 끝 소절이 궁금한/ 거울 속 시간"이라고 했으니 김현신의 거울은 미래형이다. 그것도 "낙관적인" 미래형이다. "기억으로 골목이 넘"쳐도 미래가 중요하다고 한 것이다. "방문"할 곳이 있다는 것이다. 그런데 "케세라 세라"라니? 케세라 세라는 '自己 放任' 아닌가. 미래로부터의 放任, 과거로부터의 放任 아닌가. 혹시, 과거의 기억이 여전히 화자 김현신을 강력하게 붙들고 있기 때문이 아닐까. 김현신은 과거에 결국 굴복한 것이 아닐까. 「편견, 살아야 하는 것」의 다음 연이 주목되는 이유다.

> 짐승의 배고픔을 유보하는 혀,
> 오늘에 갇혀 깜빡이는 눈,
> 자꾸 깨어진 조각들이 튀어오른다
> 달콤한 키스가 사라진다

과거의 기억이 미래를 규정하고 또한 "오늘"(의 "배고픔"=갈증)을 규정한다. "자꾸 깨어진 조각들이 튀어오른다"고 한 것은 과거로부터 도망치기 어렵다고 한 것이다. 그것이 설령 "달콤한 키스"였다고 할지라도. 누가 과거로부터 도망칠 수 있을 것인가. 과거에서부터 담보하기 시작한 죽음으로부터 도망칠 수 있을 것인가.

어디까지 나를 잃어버릴까

무심코 시작한 리포트는

언제 끝나나

천 개의 조각으로 떠 있는, 하루

무엇이라고 쓸까

어떤 추락을 읽을까 어디까지 나를 잊어버리나

— 「천 개의 조각, 그 리포트」 부분

"천 개의 조각으로 떠 있는, 하루"는 천 개의 과거로 덮혀 있는 하루다. "어디까지 나를 잊어버리나"? 잊을 수 없다. "무심코 시작한 리포트"는 '과거'가 점철되어 있는 리포트. 김현신은 '과거로 추락하는 김현신'이다.

하지만, 난, 지우고 싶어

들판을, 떠도는 눈을, 사랑해

— 「바깥을 읽는다」 부분 ①

깊은 밤 내게 필요한 건

바다의 동쪽 끝까지 혼자 걸어가 보는 것

그리고 내 영혼을 바다에 풀어놓는 것

혼자 걸어가 보는 만큼

홀로 깨달아야 한다는 것

— 「예이츠의 碑銘」 부분 ②

② "바다의 동쪽 끝까지 혼자 걸어가 보는 것"라고 절규하지만, "혼자 걸어가" "홀로 깨"닫고 싶다고 절규하지만, ① 오늘의 "들판", 오늘의 들판에 "떠도는 눈"을 맞고 싶다고 절규하지만, 그 눈은 어제에 붙어 있는 눈이다. 김현신은 알고 있기 때문이다. 김현신은 다음과 같이 확언하고 있기 때문이다. "[…] 그 독은/ 나를 따라 올 것이고,/ 나를 지날 것이"(「바깥을 읽는다」)다. 다음과 같이 또한 절규하고 있기 때문이다. "누가 나의 월요일을 자꾸 가져가는가?"(「바깥을 읽는다」). "끝나지 않는 길/ 얼마나 더 기어야 끝이 나는가?"(「원죄가 붉다」).

범
신
론
적

사
유
의

구
체
화

권
혁
수
론

범신론적 사유의 구체화
― 권혁수론

> 오는 그믐밤엔 당신
>
> 거미줄에 걸리는 꿈을 꾸게 될 지도 모르겠군요
>
> 그렇거든, 복권 사세요
>
> 행운이라도 혹은 불운이어도
>
> 걸리는 건 어차피 운이 아니던가요
>
> ― 권혁수

1

마르쿠스 아우렐리우스, 쾌락에 의한 행복이 아닌, 지혜에 의한 행복을 강조한 사람. 사해동포주의, 만민평등주의가 배달하는 행복이 포함되리라. 이웃의 행복에 의한 나의 행복이 포함되리라. '상대방도 고통스러울 수 있다'는 것을 깨닫는 순간 즉시 증오를 연민으로 바꾸는 것도 아우렐리우스의 지혜의 철학에 포함되리라. 연민compassion은 열정passion에서 비롯되니 지혜에 열정이 포함되리라. 권혁수의 시들을 우선 연민의 미학이라고 이름 붙여야 할 것 같다. 서시가 시집의 행로를 가늠하는 가늠자 역할을 할 수 있다. 빼어난 서시이면 금상첨화이리.

나무에 갇힌 코뿔소를 꺼내놓아야 해

망고와 바나나를 먹으려면 코뿔소를 먼저 완성해야 해

세렝게티의 아이들

나무토막이 코뿔소가 되기 전까지

굶어야 하는 아이들

— 「세렝게티의 아이들」 부분 ①

발가벗긴 아이를 갯벌 위에 올려놓은 여자가

갯벌을 뒤진다

생계의 검은 바다, 그 깊은 속을 다 알고 있다는 듯

여자의 호미질은

매섭게, 단호하다 허리를 펼 때마다

갯벌 위에 올라앉아 개흙이 되어가는

아이를 바라보고

밀물을 준비하는 수평선을 바라보고

자신이 파 놓은 검은 구멍을 다시

들여다본다

— 「갯벌」 부분 ②

① 서시다. 한국에 사과와 배가 있다면 아프리카에는 "망고와 바나나"가 있다. 사과와 배를 그냥 먹을 수 없다. 사과와 배가 돈을 요구한다. 한국의 많은 어린이들은 그러나 돈 없이 사과와 배를 먹을 수 있다. 부자나라이기 때문이다. 초등학교를 무상으로 다닐 수 있고, 중학교를 무상으로 다닐 수 있다. 중학교를 무상으로 다니고 초등학교를 무상으로 다니는 가정·나라에서 사과와 배를 먹이기 위해 아이들에게 노동을 시킬 리 없다. "코뿔소" 인형을 만들어야 사과와 배를 준다고 할 리 없다. 망고와 바나나가 넘쳐나는 곳에서 망고와 바나나를 그냥 먹을 수 없는 곳이 있다. 코뿔소 인형을 만들어야 망고와 바나나를 먹어야 하는 가정·나라가 있다. "세렝게티"가 그런 곳인 모양이다. "나무토막"을 쳐내 코뿔소를 만들어야 망고와 바나나를 먹을 수 있는 아이들. 살기 위한 조건들 중에 '먹이' 만한 것이 드물다. 권혁수는 다른 계제에 다음과 같이 토설하고 있다.

어쩌면, 우리 가족은 어느 허기진 신神의 냉장고일지 모른다

아니면 부식 창고이거나 혹은 가금家禽의 우리이거나

하여, 식사시간이 되면 신들이 하나씩 긴 손톱으로 내용물을

뒤적이다 구미가 당기지 않으면 투명한 비닐 랩 수의를 입혀

다시 던져 넣어두는

— 「사자 가족의 저녁 식사」 부분

("허기진 신(神)의 냉장고"? 여기에는 깊은 뜻이 숨어 있다. 신이 허기지듯이 우리도 허기진다는 것. 신의 허기가 우리의 허기고, 우리의 허기가 신의 허기라는 것. 범신론의 요체가 들어 있다.)

② 권혁수는 스토아학파에 속한 자. 행복을 지혜에서 구하는 자. 그의 시선이 이번에는 생계를 위해 갯벌을 호미질하는 여자에 향한다. 아이와 본인의 생계를 위해 "밀물"이 오기 전에 할 일을 해야 하는 여자. 문제는 "생계의 검은 바닥"이라고 한 것. "자신이 파놓은 검은 구멍을 다시/ 들여다본다"라고 한 것. 생계의 문제가 삶/죽음의 조건이라고 분명히 한 것이다. 다시 말하자. 생계의 문제는 삶의 조건이고 죽음의 조건이다. 삶의 조건과 죽음의 조건이 같다. "삶과 죽음 사이에/ 입간판 하나 겨우 세워져 있을 뿐입니다"(「도미와 국화」)라고 말할 수 있는 이유다.

"동네 구멍가게에 콩나물을 배달하는/ 어머니"가 연민의 미학에 포함되지 못하면 이상하다. 먹이의 미학에 포섭되지 못하면 이상하다. 강조하면, 연민은 많은 경우 먹이와 관계한다. '먹고사는문제'와 관계한다.

칡넝쿨 같은 허리로 콩나물 수레 잡아끌고
앞길 가로막는 눈보라 입김 불어 녹이며
어머니는
골목을 걸어나갔다

가로등 불빛이

어두운 길 살피는데

비탈길에서 어머니의 발걸음이 잠시 흔들렸다

흔들려 기울어진 수레의

검은 플라스틱 시루 뚜껑이 열리고

시루 안에서 도시의 행복을

두손 모아 기도하던 콩나물이

왈칵, 눈 쌓인 바닥에 쏟아졌다

불량 카세트테이프처럼 허공을 겉도는 수레바퀴

어머니는 쇠갈퀴 손으로

흩어진 콩나물을 쓸어 담았다

수레를 씌운 담요의 깃도 여며주고

미소도 한 겹 더 얹어 주었다

동네 구멍가게에 콩나물을 배달하는

어머니

— 「어머니의 수레」 부분

문제는 화자의 관점이다. 화자의 관점이 당당하다는 데에 있다.
비록 연민과 먹이의 문제를 토설하고 있지만 구질구질하지 않은 어조에 도달한 데에 있다. "어머니"는 쏟아진 "콩나물"을 "쇠갈퀴 손으로 […] 쓸어 담았다". 그리고 그 위에 "담요의 깃도 여며주"었다. "미소도 한 겹 더 얹어 주었다". '객관적 연민'의 경지에 도달했다고 말할 수밖에 없다. "객관적 유머"(헤겔)의 경지에 도달했다고 말할 수밖에 없다. 연민하되 연민에 빠져 허우적대지 않는 경지, 유머하되 유머에 빠져 허우적대지 않는 경지! 연민에 생활이 포함되지만 생활에 연민이 포함되지 않는다.

최신 유행가 한 곡 부르지 못하지만
오늘도 하얀 눈길 위에 발자국 음표를 찍었고
수레바퀴를 굴려
오선지 악보를 그려나갔다

― 「어머니의 수레」 부분

"오선지 악보를 그려나"가는 힘! 생활의 힘!

2

범신론적 사유와 연민이 관계있다. '모든 것에 신성이 깃들어 있다'고 보는 범신론과, 그리고 연민주의가 서로 관계없을 리 없다.

발목 풀린 노예들은 다 어디로 사라졌을까
노예가 없어 열매 맺지 못하는 켄챠야자

채찍질 없어도 푸르게 멍 든 켄챠야자

— 「켄챠야자」 부분

"노예가 없어 열매 맺지 못하는 켄챠야자", "채찍질 없어도 푸르게 멍 든 켄챠야자"라고 함으로써 '켄챠야자'에게 신성과 연민을 부여하고 있다. 신성과 연민의 절묘한 조화·합일!

문제는 그 다음이다. 신성이 들어갔으므로 연민의 관점으로부터 해방되는 단계다.

신장개업한 지하철 떡볶이 3호점의 켄챠야자

남태평양 로드 호 아일랜드 밀림에서

200년 전 영국 노예선 타고 적도를 건너와

신록의 가슴 활짝 열고 선 관엽수

그늘진 가지를 공작처럼 펼쳐

오뎅 국물 김 서린 형광등 불빛 그림자 흔들릴 때

떡볶이 맵다고 헉헉거릴 때

유리 칸막이를 내다보는 켄챠야자

[…]

비명소리 들리지 않는 한여름

불타는 길을 푸르게 채색하고 있는 켄챠야자

그 몸속 터널로 하루 200번씩

고향으로 달려가지 않는

지하철이 지나간다

떡볶이 먹으면서

켄챠야자 바라보면서

고향 생각하면 안 되는 이유다

어제가 오늘로 순환 회귀하는 근거다

— 「켄챠야자」 부분

"신록의 가슴 활짝 열고 선 관엽수", "유리 칸막이를 내다보는 켄챠야자", "켄챠야자 바라보면서/ 고향 생각하면 안 되는 이유다"라고 한 것이 그 증거들이다. 권혁수의 하드보일드 풍, 객관적 어조가 빛을 발한다. 객관적 연민, 객관적 유머가 빛을 발한다.

신 즉 자연Deus sive natura, 혹은 '신 즉 모든 사물'이라는 스피노자의 범신론적 사유가 권혁수의 시들을 관통하는 키워드로 보인다.

천지天地에 뱀독이 번졌어

길가 질경이에 산허리 철쭉

담장 너머 개복숭아 푸릇푸릇

독이 오르고

달아나다 돌아온 오후조차

뱀독에 젖어
뜬구름 흰깁으로 닦아도 닦아도 푸른 하늘
긴 봄길 이끌고
꿈틀꿈틀 기어이 산속으로 기어들었어
겨울잠에서 막 깨어난 뱀처럼

— 「뱀에 물린 봄」 부분

"천지天地에 뱀독"을 부여한 것이 범신론적 사유 아닌가. "개복숭아"에 "독이 오"른다고 한 것이 범신론적 사유 아닌가. "뱀독에 젖"은 "오후"라고 한 것이 범신론적 사유 아닌가. 같은 시에서 시인은 다음과 같이 토설하고 있다.

깨물고 싶어
보이는 건 모두 삼키고 싶어
그래, 산을 삼키고도 목이 말라
이슬비 뽀얗게 뿌려 뱀독 씻어내리는 냇물처럼
능선 타고 굽이굽이 기어가는 봄

저 봐, 봄을 삼키네
뱀 한 마리
붉게 퍼진 봄독 가누지 못해
산허리에 똬리 틀고 앉았네

　"봄"이 "모"든 것을 "삼키고 싶"다고 한 것으로 보아, 그리고 "뱀 한 마리"가 "봄을 삼"킨다고 한 것으로 보아, '뱀 한 마리'가 무한과 영원을 표상하는 신성의 절정 자리에 있는 것으로 보인다. '봄을 삼키는 뱀 한 마리'가 권혁수의 범신론적 사유를 완성시키고 있는 것으로 보인다.

3

　스피노자 말대로 모든 것이 신의 발현이라면 걱정(?)할 것이 없다. 결정론적 인간관, 결정론적 세계관에는 걱정이 없다.

> 모든 책은 결국 화석이 되기 위한
>
> 인간의 몸부림 아니더냐고
>
> 　　　　　　　　　　　　　　— 「청구서의 내력」 부분 　①

> 아파트 분리수거장에 쌓여 있는 책들
>
> […]
>
> 오월에서 시월까지
>
> 줄어들지 않는 책더미
>
> 그 속에 묻힌 시간의 주검
>
> 그의 무덤 속을 지나온 기억이 있다
>
> 누구의 이름으로 갖다버릴까
>
> 어느 꽃밭에 매장할까

인부들이 싣는 책의 트럭

바퀴가 여전히 크고,

둥글다

— 「나비의 탈출」 ②

①에서 "화석이 되"는 "모든 책"들이라고 ②를 예비하고 있다. (쓰여진) "책"과 (버려진) "책더미"와 "시간의 주검"과 "기억"의 질량은 같다. "트럭" 위에 싣는 "책"의 질량도 여전히 똑같은 질량이다. 신의 "바퀴"는 "여전히 크고,/ 둥글다"라고 한 것이 압권이다. 문제는 신의 발현이지 인간의 발현이 아니라는 데에 있다. 인간의 '무상한' 자유의지를 부정하는 데에 있다. 인간은 소산적 자연natura naturata으로서 '여전히 크고, 둥근 바퀴'인 능산적 자연natura naturans에 실려가는 존재라고 한 데에 있다.

산 계곡 바위 밑에 불 꺼진 양초 하나 놓여 있다

외간남자 무릎에 안긴 과부처럼

그 곁에 평생 딱 한 번 불 붙여보고 생生을 마감한 UN 성냥이

검은 하초 드러낸 채 쓰러져 있다 재가 된 축원문이 이슬을 핥고

그렇게 소망은 때로 등산로 옆에 흔적을 남기나보다

그 흔적 지워지면

하늘에 별이 뜨고

산에 들꽃이 피겠지

산새들 노랫소리 퍼지듯

금줄 친 마을에 풍악이 울리겠지

— 「흔적」부분

"불 꺼진 양초", "검은 하초 드러낸 채 쓰러져 있"는 "UN 성냥", "재가 된 축원문", 그리고 "하늘"의 "별", "산"의 "들꽃"과 "산새들", "마을"의 "풍악" 모두에 신의 계시가 깃들어 있다. 신이 이들을 초월하지 않는다. 이들에게 내재해 있다. 혹은 신이 이들을 초월한 존재가 아니라, 이들에게 내재한 존재다.

또한 주목되는 시가 「안내자」라는 시다. 안내자는 물론 능산적 자연으로서의 신이다.

사내는 명령했다 가방을 꾸리고 짐을 챙겨 어깨에 메게 했고

차표를 끊게 했다

행선지는 알려주지 않았다

사내는 말을 아꼈다

여행지의 팻말처럼 딱딱한 화살표만 내 눈에 꽂았다

나는 빛도 어둠도 없는 맹인의 경험을 찾아 허공 안으로 걸어 들어갔다

사내는 내 말을 듣지 않았다

내 다리의 거친 숨소리마저 듣지 않았다 그렇다면

암시 없는 그의 간과와 헤어져 나만의 여행을 떠나야 한다

차표를 버리고 그가 없는 그가 보이지 않는 바다를 건너야 한다

[…]

비로소 그의 파란 입안에 물려 있는 현수막이

펄럭였다

— 고향에 오신 것을 환영합니다

　"사내"가 또한 능산적 자연으로서의 신의 표상. 사내는 명령했고, 말을 아꼈고, 사내는 (화자의) 말을 듣지 않았다. 화자와 사내는 헤어진 듯 했지만 화자는 사내와 결국 조우할 수밖에 없다. 저 멀리 "고향에 오신 것을 환영합니다"라고 쓰여있는 "그의 파란 입안에 물려 있는 현수막"이 보였기 때문이다. 신은 모든 사물들의 내재적 원인이지 외재적 원인이 아니다. 사물들을 초월하는 원인이 아니다. 모든 것이 신 안에 존재하고 신 안에서 움직인다. 신은 "나만의 여행"을 부정한다.(다시 말하지만) 자유의지를 부정한다. 기독교적으로 말하면 선지자들과 예수 그리스도에게 나타나는 유일신이 아니다. 신은 자연이다.

　신이 내재적 원인이지 외재적 원인이 아니라는 것을 다르게 말할 수 있다. 우주 전체의 원인은 우주 밖에 있는 것이 아니라, 우주에 내재한다고 보는 것이다. 세계[우주]의 원인이 세계[우주] 밖에

있다는 비트겐슈타인에게 반대하는 것이다. 분명하게 말하면 '자기 원인causa sui'으로서의 신에게는 목적론적 활동이 없다고 보는 것이다.

4

절창 「지하도 성자」를 언급하지 않을 수 없다.

> 지하도는 제 몸 안에 계단을 내고 어둠을 걸어 내려가
> 계단 밑에 엎드렸다 기도한다 하루가 편안하게
> 엎드려 딱딱하게 굳은 도시의 구두 바닥을
> 닦아주며
>
> 사시사철 꽃 피우는 인정의
> 지하도
> 그를 디디는 발바닥은 모두 평평하다
>
> — 「지하도 성자」 부분

신은 "지하도"와 같은 것이다. 지하도는 "제 몸 안에 계단을 내고 어둠을 걸어 내려가/ 계단 밑에 엎드"려서 "기도한다". "딱딱하게 굳은 도시의 구두 바닥을/ 닦아" 준다. "지하도"를 "디디는 발바닥"을 "모두 평평하"게 해준다. 신 앞에 모든 것은 평평하다. 시간 앞에 모든 것은 평평하다. 보편성 앞에 모든 것은 평평하다. "스피

노자는 폐병을 오래 앓다가 1677년 2월 21일 44세의 나이로 죽었다. 모든 특수성과 개별성이 하나의 실체 안으로 사라져버리는 그 자신의 체계와 일치하여 죽었다." 1831년에 죽은 헤겔의 말이다.

류승도론

삶의 비의에 대한 인식 · 삶의 비의에 대한 탐구

삶의 비의에 대한 탐구
· 삶의 비의에 대한 인식
— 류승도론

이 찬란한 아침

누가 하룻밤에 다 낡았단 말인가

— 류승도

1. 함정의 우상 · 동굴의 우상

「함정」이라는 시가 있다. 「석화」라는 시는 "동굴 속을 보는 일은 앞 캄캄한 일이다"라고 끝난다. 함정과 동굴이 대체의 관계에 있다. 류승도의 시편들을 한편으로 '함정·동굴에서 벗어나려는 시도'라고 명명할 수 있을까. 동굴에 갇혀 있는 인간·함정에 빠져 있는 인간이 과연 함정·동굴에서 벗어날 수 있을까. 물론 동굴을 좋은 동굴이라고, 함정을 좋은 함정이라고, 할 수 있다. 아늑한 동굴·아늑한 함정을 얘기할 수 있다. 아늑한 속박을 얘기할 수 있다. 자유는 불안을 동반할지 모른다. 밤하늘에 떠있는 별은 불안을 동반할지 모른다. 동굴을 경전으로 알고 사는 것, 동굴이 시키는 대로 사는 것, 무릎 꿇고 사는 일이 좋은 것인지 모른다. 신에 의지하고 신의 말씀에 순응하며 살았던 때가 있었다. 그때가 '좋은 옛날'일지 모른다. (류승도는 한 걸음 더 나간다.) 한 걸음 더 나간 류승도.

희노애락의 동굴을 말할 수 있다. 동굴 밖에 나가면 밤하늘에 빛나는 별에 대해 고담준론을 늘어놓아야 할지 모른다. '본질'에 대해 고민해야 할지 모른다. 희노애락을 사는 것은 삶 그 자체를 사는 것이다. '너머의 삶'에 대해 생각하지 않는 것이다. 요컨대 '가벼운' 희노애락을 사는 것이다. 희노애락이 '정지한' 삶은 무거운 삶이다. 멜랑콜리가 지배하는 삶이다. 멜랑콜리가 디프레션으로 발전한다. 디프레션이 죽음에 이르는 병이다.

> 동굴보고서를 보는 일은 경이로운 일이다
> 암반이 제 몸을 녹이고 후비어 지은 사원, 수천 년 동안
> 위로부터 커튼이 내려지고 아래서는 산호가 자라고
> 벽에서 그윽한 돌꽃[石花]이 핀다
> 기억은 돌 안에조차 그리 오래 남아있는 것인지
> 자국마다 살아있는 흔적이다
> 비운 곳엔 박쥐를 키우고 스며든 물로 새우까지 키운다
> 눈 감고도 사는 법을 깨우친 이곳은
> 전생 허깨비를 희롱한 도인들이 사는 곳이다
> 동굴 속을 보는 일은 앞 캄캄한 일이다
>
> ─「석화」전문

절창이다. "돌꽃[石花]"이 피는 곳, 산호가 자라는 삶의 공간으로

서의 동굴을 예찬한다. 자연 삶이 지배하는 공간을 예찬하는 것과
같다. 삶에는 늘 과거가 포함되는 법. 삶의 "기억"을 예찬하고, 삶
의 "흔적"을 예찬하는 것은 삶의 과거를 예찬한 것이다. 화자에게
동굴은 "눈 감고도" 살 수 있는 곳이다. 눈 감고도 살 수 있는 "법"
을 깨우치게 하는 곳이다. 상선약수의 섭리가 지배하는 곳이다.

그럴까. 류승도는 쉽고 가벼운 동굴 속의 삶을 전면적으로 긍정
하고 있을까. 동굴 밖의 삶을 궁금해 하지 않을까.

2. 인식의 예술

내 안에 빈 배 한 척 떠있다
노도 없이 묶이지 않은 채
誤讀의 한낮, 달아오른
석양에 붉힌 얼굴로 등 밝은 밤
하늘 가득한 별들로 허기를 채우고
밤새 출렁이는, 서성이는 배
닿을 듯 멀어지고 멀어질 듯 다가와
깊은 곳부터 부식시키는 안개

— 「빈 배」 부분

"내 안에 빈 배 한 척 떠있다"고 한 것은 '허기'의 표명이다. 시
중간 부분에서 "하늘 가득한 별들로 허기를 채우고"라고 했다. 하

늘 가득한 별들로 허기를 채운다? 고담준론에 대한 도저한 욕망이
아닐 수 없다. 삶의 비의에 대한 도저한 욕망이 아닐 수 없다. 동굴
의 삶에 만족해하지 않는 것이다. '내 안에 빈 배 한 척 떠있다'에
서 이어지는 "노도 없이 묶이지 않은 채"는 자유에 대한 갈망의 표
시다. "誤讀의 한낮, 달아오른/ 석양에 붉힌 얼굴"은 그동안 '오독
의 삶을 살았을지 모른다'는 우려의 구체화다. '달아오른 얼굴',
'붉은 얼굴'은 당황해 하는 얼굴이다. "깊은 곳부터 부식시키는 안
개"라고 한 것이 예사롭지 않다. '깊은 곳'은 본질과 관련 있다.
'깊은 곳부터 부식시키는 안개'라고 한 것을 '본질'에 다다르고 싶
은 욕망의 표현으로 보는 것이다. 돈오돈수라고 했던가. 단숨에 도
를 깨우치고 단숨의 도의 삶으로 들어가는 것을.

　　도의 삶으로 진입하는 일이 쉽지 않다. 류승도가 그것을 누락시
킬 리 없다.

　　능소화를 보다가 이제
　　읽는 것보다 읽혀야 하는 것을 눈 시원히
　　늘 헤매는 곳이 있다 여기는
　　꽃 속에 핀 마을 어느새
　　읽어버렸을까 뜨거운 여름날의 귀가 길
　　주렁주렁 흔들리는 바람 놓아버린
　　꽃은 아니다 가득한 연초록의
　　잎들이 타박타박 걸어가는 곳 놀랍도록

평등한 시간의 쉼표 이제

마침표로 읽으려 하지 말자 꽃을

읽기 위해 우선 읽혀야 하는 것을 늘

헤매는 곳 여기,

— 「讀法」 전문

"헤매는 곳"이 두 번 반복되고 있다. '헤매지 않고 어찌 돈오돈수의 경지에 이를 수 있는가'라고 반문하는 듯하다. 읽기 위해 읽혀야 한다고 한 것이 신선하다. 먼저, 읽으려는 대상, 읽으려는 세계의 일부가 되어야 한다는 것. 그래야만 읽으려는 對象, 읽으려는 세계의 텃세를 피할 수 있을 것이다.

읽으려는 세계가 텃세를 부리면 읽어내기가 쉽지 않다. '세계'를 우선 안심시켜야 한다. 자신을 對象에 두어 먼저 읽히게 해주면 對象이 긴장의 끈을 놓는다. 그 다음은 무사통과다. 無防衛의 세계, 무장해제된 세계를 접수한다.

3. 삶의 비의에 대한 탐구

삶의 비의를 성찰하는 것은 삶의 소멸을 성찰하는 게 아닐지. "공룡 발자국"을 보고 공룡을 성찰하는 것이 소멸에 대한 성찰이다. 혹은 필멸에 대한 성찰이다.

바다로 향해 걸어간 발자국 방금 지나간 듯

무슨 일이 있었던 것일까 일억 년 전쯤 호수의 자리

굳이 견고한 고독만 고여 있었던 것은 아니겠지만

혼자 걸었어야 했던 긴 시간 결국 곁을 허락하기 어려웠던가

창안의 희미한 불빛, 전모의 윤곽은 파스텔 색조이다

하지만 온 몸 실려 발자국 남는다면 움푹움푹한 큰 몸의

生滅이 그 안에 있을 터, 먼 길 휘돌아 바다로 갔으리라

— 「공룡발자국」 부분

　"生滅"을 노래하고 있다. "발자국"이 생을 표상하고, "바다"가 죽음을 표상한다. '있었던' 공룡들이 '없어졌다'? 있는 것이 기적이고, 없어지는 것이 기적이다. 있는 것을 설명할 수 없고, 따라서 없어지는 것을 설명할 수 없다. 사실로 말하면, '있는 것을 설명할 수 없는 것'이 문제다. 있는 것이 없는 것이고, 없는 것이 있는 것? 여기에는 서구의 '이항대립체계의 논리'가 숨어있다. 이항대립이라고 하지만 '있는 것'이 아닌 '없는 것'을 강조하기 때문이다.

　이렇게 말할 수 없는 것은 '없는 것'은 '있는 것'을 전제하기 때문이다. '삶 속에 죽음이 있고, 죽음 속에 삶이 있다'고 말하면 고리타분한가. 혹은 현학적인가. '죽음학'이 그러나 고리타분할 리 없고 현학적일 리 없다. 죽음이 가장 확실하고, 무엇보다도 가장 절실한 문제이기 때문이다. 죽음만이 영원하고 그 외의 것은 영원하지 않다. 영원한 기쁨이면 그것은 기쁨이 아니다. 영원한 고통이면 그것은 고통이 아니다.

이제 언뜻 나무를 보는가

허공의 말을 지워

몸 안으로 각인한 둥근 말씀과

마침내 우람한 침묵을

겨울산 베어진 나무의 밑둥에서

나무가 새겨놓은

장문의 유서 한 장 읽는다

나의 손금이 따뜻하게 읽힌다

— 「겨울나기」 부분

나이테를 "나무가 새겨놓은/ 장문의 유서 한 장"이라고 한 것이 새롭다. "손금"을 나이테에 비유한 것이 새롭다. 「노환」에는 '나이테' 대신, '손금' 대신, "문자"가 등장한다.

산이 병풍처럼 둘러선 마을의

들일하시는 듯 허리가 굽으신 노인들이

"뭐, 늙으니까 뼈마디가 욱신대고

허리도 굽고 하겠지"하시는데,

한 생을 寫經한 흙 위의 문자가

이제 그대로 흙으로 보이는

침침해진 눈

　　스스로 그 문자가 되고 있기 때문일 것이다

― 「노환」 부분

　　"한 생을 寫經한 흙 위의 문자"가 "침침해진 눈"으로 보이지 않게 된 것을 "스스로 […] 문자가 되고 있기 때문"이라고 하였다. 겨울나기에서의 "말씀"이 「노환」에서 寫經이라는 말로 대체되었다. 말씀을 사경한 흔적이 바로 나이테, 손금이라고 한 것으로 보인다.

　　낙타를 탄 한 사람이 능선을 넘어오고 있다

　　낙타는 정중하게 한 짐을 부려놓고

　　모래 위에 무릎을 꿇어

　　지친 뒷모습으로 석양을 향해

　　침묵을 풀어 놓는다

― 「사막에서」 부분

　　"모래 위에 무릎을 꿇"는 "낙타"의 모습이 아름답게 느껴진다. "석양을 향해/ 침묵을 풀어 놓는다"라고 한 것이 뭉클한 감동을 준다. "한 짐을 부려놓"은 "지"친 자만이 '소멸'을 정중하게 받아들일 수 있다. 지친 자만이 석양의 세계로 아무 말 없이, 침묵을 풀어 놓듯이, 들어갈 수 있다. '지치는 것'만이 소멸에 대응하는 최선의 방법이라 한 것인가. 조금 과장해서 말해보자. '불행에 지친 자'가 소멸에 슬그머니 합류할 수 있다고 한 것인가. '행복에 지친 자'?

행복에 지친 자가 소멸에 슬그머니 입장할 수 있다고 한 것인가.

> 알 수 없는 일이다 목련꽃들은 왜 기댈 곳 없는 허공에 서로
> 피었다
> 밤길 환하게 무너지는지, 나 그 아래 무심히 지나쳐왔는지
>
> — 「비행기로 사막을 건너며 목련을 생각한다」 부분

"나 그 아래 무심히 지나쳐왔는지"는 아이러니다. "기댈 곳 없는 허공에 피"는 "목련꽃들"이 비의와 관계있다. 목련꽃들이 "환하게 무너지는" 것도 비의와 관계있다. '우리'는 어떻게 환하게 무너질 수 있는가. 아니, 환하게 무너져줄 수 있는가. 환하게 무너져줄 수 있는 방법이 적혀 있는 비급을 찾는 행위, 또한 비의를 찾는 행위에 다를 바 없다. 비급을 찾아낸 것으로 보이기도 한다.

> 비행기가 이륙하여 고도를 높이는 동안 나는 겸손해진다
> 착륙하기 위해 고도를 낮추는 동안에도 나는 다시 겸손해진다
> 허공에 기대고 있음을 느끼는 것은 두려운 일
> 나는 좌석 등받이를 당겨 세우고 안전벨트를 단단히 매는 것이다
> 두려움이 나를 겸손하게 할 때
> 나는 마음을 내려놓고 생각을 일으키지 않으려
> 몸 가만히 숨으로 태운다

「비행기로 사막을 건너며 목련을 생각한다」앞부분이다. "두려움"에 "겸손"으로 대응한다. 혹은 "마음을 내려놓고 생각을 일으키지 않"는다. '달팽이가 빠르다'는 인식도 삶의 비의에 '도달'한 경우다.

비 그친 후

보도블록 위 달팽이가 걸어가고 있다

맨 몸을 화두로 삼은 수도자처럼 걸어가고 있다

[…]

달팽이가 빠른 것 오늘에야 알게 되었다

담배 한 대 잠시 피우는 사이

달팽이가 사라졌다

— 「달팽이가 사라졌다」 부분

달팽이에게서 "맨 몸을 화두로 삼은 수도자처럼 걸어가"는 모습을 본 것은 이유가 있다. 끝 세 행에 주목하는 것이다. 다시 올려다보면 벌써 구름이 다른 곳으로 가고 있다. 혹은 구름이 사라지고 없다. 느리게 간다고 사라지지 않는 게 아니다. 높은 곳에 있다고 사라지지 않는 게 아니다. '다시' 말하면, '어떻게 사라지느냐'다. '환하게 사라질 수 있느냐'다.

4. 소멸에 대한 인식 = 비의에 대한 인식

소멸에 대한 인식(혹은 관심)이 (삶의) 비의와 밀접한 관계에 있다. '나'는 왜 소멸에 대해 밀접한 관심을 갖는가.

가을의 활이
빈 가슴의 현을
길게 긋고 지나간다

저무는 들녘
가득한
哭
소리

— 「기러기」 전문

류승도는 왜 '소멸'에 유난히 관심을 갖는가. "가을"날 "기러기" (들)이 날아가는 '모습'에서 "哭/ 소리"를 듣는다. 哭소리?다름 아닌 '소멸'이 내지르는 소리 아닌가. 묘묘한 공감각은 후순위다. 아름다운 이미지들은 후순위다.

이렇게 낮은 줄 몰랐습니다
버려진 것들로 이루는 곳인 줄 몰랐습니다
높은 곳이야 말로 낮은 것들이 평등한 세상인 줄 몰랐습니다

— 「하늘공원」 부분

절창이다. 소멸(혹은 "버려진 것")의 종착지로서의 하늘, 누구든 예외일 수 없다. 하늘은 "낮은" 곳이다. 소멸이 낮은 곳에 있다고 한 것이다. 낮은 곳에 있다고 하는 것은 또한 지척에 있다고 한 것이다. 하늘은 또한 "평등한 세상"이다. '낮은'은 세 가지를 함의하고 있다. 누구나 가야 한다는 뜻을 함의하고 있고, 또한 높은 자가 낮은 자가 되고, 낮은 자가 낮은 자가 되는 뜻을 함의하고 있다. 간단히 말하면, 하늘은 '소멸에 대한 관심'의 구체화다. 혹은, 하늘에 대한 관심은 '소멸에 대한 관심의 범주적 명령권' 안에 있다.

당돌한 놈,

덜 여문 것이
빳빳이 세워
하늘을 찌른다

아프시겠다

— 「세란, 새 촉 오르다」 전문 ①

물 젖은 갈망의 신열 어쩔 수 없어
미쳐도 한번 곱게 미치려고 이 짓 하렷다

온 몸 확, 불질러버렸겠다

붉게, 후두두둑 타고 남은 무성한 설움 툭툭 푸른,

가시는 손 없는 날 오후 햇살을

찡, 아프게 찌를 일이다

— 「푸른 장미」 전문 ②

낯익은 저 별들, 모두 함께

가슴의 병서 깊이 접어두었던 진법을 펼치고 있다

소등하여야 하리

어두워져

오, 멀리서 다시 찾아오는 저 별빛들

진陣에 갇혀

사면초가에 빠지고자,

— 「작은 별들의 기억」 부분 ③

①아름다운 이미지시다. 하늘은 하느님이 계시는 곳? "아프시겠다"고 하였다. 하느님이 계시다고 한 것이다. 문제는 "세란"의 "새촉 오르"는 것을 하늘을 찌르는 것으로 보았다는 것? 하늘에 계시는 하느님에 대한 불만으로 볼 수 있다는 것.

하느님은 왜 하늘을 만드셨는가. 소멸을 만드셨는가. 소멸을 걱정하게 하는가.

② 여기에서는 가시가 햇살을 찌르는 형국이다. '하늘'에서 내려오는 햇살, 하느님과 관계없다고 할 수 없다. "아프게 찌"른다고 했으므로 역시 하늘에 대한 불만?

③ 한 번 하늘나라에 가면 다시 돌아오지 못한다. 하늘은 "타클라마칸 […] 다시 돌아"(「타클라마칸」)올 수 없다는 곳, 그 자체였다. "별들"이 "진법을 펼치고 있"기 때문? 역시 지친 것일까. "소등하여야 하리"라고 하고 있다. "陣에 갇혀/ 사면초가에 빠지고" 싶어하고 있다.

5. 나가며

문학은 삶에 대한 반성적 성찰일 수 있다. 문학은 —시를 포함해서— 그러면 삶에 대한 복기라고 할 수 있다. 복기를 통해 삶의 비의에 도달하는 것이다. 문학을 삶의 내밀한 비의에 대한 인식의 통로로 보는 것이다.

> 지금쯤이면 읽을 세상 못 읽을 세상 다 읽었을 법도 한데
> 꼭 더 읽어야 할 세상이라도 남아있다는 것인지,
> 아니 그게 아닐 것이다
> 주어져 읽어야 할 시간에 모두
> 이리 다 진지하게 읽고 있기는 어려운 법이다
> 아마 이미 끝난 판을 復碁하고 있는지 모른다
>
> — 「귀가」 부분

삶의 비의에 대한 인식의 도구로서의 예술을 명백히 천명한 것이다. 다음 구절이 삶의 비의에 대한 인식의 도구로서의 예술을 비유적으로 천명한 것으로 보인다.

> 큰 입을 벌려, 악어는 날카로운 이빨로 수달을 물려하지만
> 늘 물릴 듯, 수달은 도무지 걸려들지 않는다 미끄럽다
> 공격마다 무위로 끝날 때 굳센 전의도 힘 빠지게 되어 있다
> 약점은 기막히게 드러나는 법,
> 수달은 악어의 목 뒤쪽을 집중하여 몇 번 이빨을 박아 넣는다
> 악어가 잠잠해진다 포기한 긴 몸을 더 길게 늘인다
> 수달이 산 악어의 꼬리를 뜯어 먹는다 새끼가 와 함께 뜯어 먹는다
>
> ─「수달은 왜 산 악어의 꼬리를 뜯어 먹었나」 부분

강한 악어와 '약한 수달'(?)의 대결에서 수달이 이기는 것을 보여주었다. 이것을 현상적 존재에서 본질적 존재로 도달하려는 프로메테우스적 의지, 예술가적 의지의 알레고리로 보면 안 될까. 류승도의 프로메테우스적 의지, 예술가적 의지를 계속 지켜보고 싶다, 류승도의 프로메테우스적 의지, 예술가적 의지에 동승하여.

자연중심주의와

인간중심주의의 변증

한영숙론

자연중심주의와 인간중심주의의 변증
― 한영숙론

이타적 행위에 어미의 새끼사랑이 포함된다. 물론 이타적 행위의 목적은 종족보존이다. 요즘 유행하는 말로 '유전자보존 법칙'의 작용이다.

며칠 째 굶주린 푸른 수늑대 비척이며 사냥감을 찾아 나선다. 제 어미 젖 치대는 새끼들에게 가까스로 사냥한 먹잇감 내준 그. 허기진 목숨이 때론 달큰하다.

— 「푸른 눈[雪]」 부분

"허기진 목숨이 때론 달큰하다"고 한 것이 압권이다. '종족보존'에 대한 기쁨이리라. 이런 해석을 보증하는 것이 마지막 문장이다. 이어지는 다음 문장 때문이다.

호이트―청혜린―아고이 동굴벽화에는 서로를 서로에게 이

어주는 본능들이 선명하게 부조되어 있다.

"서로를 서로에게 이어주는 본능"이 생물의 오랜 본능이라는 것을 분명히 적시하였다. 신종플루의 대유행pandemic도 종족보존과 관계있다. 물론 바이러스의 종족보존이다. 스페인독감 때도 그랬듯이 신종플루 환자들이 바이러스들의 숙주다. 걸어다니지 못하는 바이러스/걸어다니는 인간 숙주. 바이러스들은 숙주를 자리보전하게 하지 않는다. 나돌아다니는 것을 許한다. 나돌아다니게 해 바이러스를 퍼뜨리게 한다. 숙주가 늘게 한다.

> 네 구멍이 더 크니
> 내 구멍이 더 크니
> 밑구멍 맞춰 내기한다.
> 엿목판의 엿 죄다 쪼가리로 분질러 놓고
> 어느 구멍이 더 큰가 삼삼오오 정신 빠져 있다
> 또다시 선거철 되니 엿치기질이다
>
> ─「엿치기」 부분

'큰 "구멍"'이 유전된다. 좋은 형질이 유전된다. 작은 구멍이 도태된다. 이른바 자연선택·자연도태이다. 보다 좋은 형질을 유지시킨다고 하는 것은 종족 보존을 넘어 '발전'이라는 개념과 관계있다. 생태주의에서 말하는 '지속가능한 발전sustainable development'이

진화생물학에도 적용된다. 이타적 행위, 자연선택·자연도태, 지속가능한 발전 모두 진화론과 관계있다. 큰 범주의 문학이 살아남기 위해서는 큰 범주 안에 있는 작은 범주들끼리 서로 경쟁해야 한다. 전제는, 작은 범주의 문학이 계속 나와야 한다는 것이다. 돌연변이들이 계속 출현해야 한다는 것이다. 진화론에 의거하면, 경쟁을 통해 살아남은 문학이, 선택된 문학이, 우수한 문학이다. 문학이 진화생물학(혹은 사회생물학)의 요구에 동참하고 있다.

인용한 「엿치기」를 시대정신과 관련해서 해석할 수 있다. 그렇다, 문제는 시대정신이다. '경제'를 중심에 둔 경쟁의 극대화다. 양극화라는 결과다. '이긴 자'와 '진 자'가 있다. 이긴 자는 이긴 자, 진 자는 진 자, 더 이상 고려하지 않는다. 마치 "선거"에서 진 자가 배려되지 않는 것과 같다. 한영숙은 "선거"를 오늘의 시대정신에 대한 알레고리로 사용하였다. 문제는 매일매일이 "선거철"이라는 점이다. 모두 치킨chicken이 되지 않으려고 목숨을 건다. 모든 수단이 정당화된다. 간단히, 승자독식의 사회라고 말하면 될 듯.

자연도태되는 패자들? 간단하지 않다. 인간은 사회복지시스템이라는 것을 만들어냈다. 기원이 '수렴이론'이다. 수렴이론은 자본주의 시장경제체제와 사회주의 계획경제체제의 절충에 대한 명명이다. 누진세, 오래된 장치다. '요람에서 무덤까지', 오래된 슬로건이다. 사회적 시스템에 의한 이타적 행위의 세목들이다.

이타적 행위는 국가와 민족 차원에서 이루어진다. 국가와 민족 차원을 뛰어넘기도 한다. 대륙을 넘나든다. 이를테면 인류를 위해,

보다 많은 식량을 확보하기 위해, 아마존을 개간한다. 쇠고기도 식량인가. 소가 풀을 뜯어먹고 자란다. 나무가 걸림돌이므로 나무를 벤다.

소들을 위해 ―정확히 말하면 인류를 위해― 나무를, 숲을, 내준다면 그 다음에 무엇을 내주게 될까. 제레미 리프킨이 『육식의 종말』에서 말하는 경고: 소들이 풀뿌리까지 뜯어먹으면, 사막화가 앞당겨 진행되면, 타클라마칸사막, 고비사막들이 넓어지면, 지구는 그 다음에 무엇을 내주게 될까. 무슨 대가를 치르게 될까. 숲의 사막화, 초원의 사막화는 '육식의 종말'로만 그치지 않는다. 숲을 내준 대표적 대가로 '황사(바람)'를 꼽을 수 있다. 한영숙은 「황사는 공습중이다 ― 삼겹살을 구우며」에서 묵시론적 분위기를 조성하였다. "삼겹살을 구우"면서 "황사"를 생각하였다. 황사가 일상화되었다는 증거?[1] 헤겔의 말을 빌면 '객관적 유머'다. 현실과 거리를 두어 아픈 현실을 통과해가는 것이 객관적 유머다.

대 공습이다
신종 황사먼지를 휴대한 정체모를 테러범
흙먼지를 일으키며 무차별 도시를 폭파하고 있다
뽀글거리는 벚꽃들
독한 파마약 냄새 날리며 올올이 뽑혀지고 있다
가로수마다 폭발물 파편처럼 쏟아진다

---

1) 박찬일, 「생태주의문학 試論」, 『해석은 발명이다』, 푸른사상 2003, 13-14면 참조.

한바탕 뒷골목 패싸움이라도 벌였는가

건물마다 비상벨이 울리고

콧구멍 벌렁거리며 5분대기조 출동을 한다

— 「황사는 공습중이다 — 삼겹살을 구우며」 부분

"대 공습", "테러범", "폭발물", "비상벨", "5분대기조 출동" 등이 묵시론적 분위기를 이끈다.

숲과 초원은 지구의 허파다. 지구 생태계를 '자발적으로' 보존하게 하는 큰 항목이다. '허파'가 파괴된다는 것은 인류뿐만이 아닌, 지구생명체 전부가 파괴된다는 은유다. 지구 허파가 없어진다면 지구 자체가 죽는다.

이산화탄소, 메탄가스에 의한 온실 기체의 증가 또한 '지구 전체' 차원에서의 자발적 보존능력을 떨어뜨린다. 인구수는 줄어야 한다. 다니엘 퀸은 그의 『고릴라 이스마엘』에서 이타적 행위가 중단되어야 지속가능한 발전이 가능하다고 말한다. "누가 살고 누가 죽을지를 결정하는" 것은 인간이 아니라, "신들의 특권"[2]이다. 자연도태설과 내용이 같다. '보다 강한 자가 살아남는다.' 그럼으로써 인류를 포함한 '종들이 자연선택적으로 보존된다.' 다니엘 퀸의 용어를 빌면 인간은 '역할 맡은 자takers'의 역을 중단해야 한다. 지구에 역할 맡은 자와 '역할 맡지 않은 자leavers'의 구분이 있어서는 안 된다. 다니엘 퀸은 루소가 그랬듯이 자연중심주의를 주장한

---

2) 다니엘 퀸, 『고릴라 이스마엘』, 배미자 옮김, 평사리 2008, 252면.

다. 생명을 생명 전체에서 보는 생태주의를 주장한다. 루소와 다른 것은 인도주의[휴머니즘] 관점이 없다는 점이다.

양극화사회, 승자독식사회에 대한 변증으로써의 이타적 행위 또한 만만치 않은 문제점을 드러낸다. 현재, 지구의 풍향계가 제구실을 못하고 있다. '상황'이 악화되고 있다. 이러지도 못하고 저러지도 못한다.

다른 용어로 접근하면 코기토다. '인간중심주의 문제'다. 한영숙에게 그러나 인간은 피조물일 뿐이다. 닭과 같다. 개와 같다.

고작 1m 쇠사슬에 묶여
저 불길 속을 정녕 탈출할 수 없었단 말인가
산불 화마가 지나간
아침 한나절
뚝딱 비우고 간 임자 없는 개밥그릇 하나
덩그러니,

비로소 자유다

— 「자화상」 전문 ①

한 방울의 군더더기도 용납 않는
저 황홀한 주검의 自由 […]

— 「통닭집 앞을 지나가다가」 부분 ②

② "통닭"의 "주검"에서 닭의 "자유"를 본다. 통닭의 주검을 "황홀한" 주검이라고 하였다. 통닭에서 '삶이라는 존재로부터의 해방'을 본다. 통닭에게 인간적(혹은 인류적) 품격을 부여한다.

① "쇠사슬에 묶여" 있으면 화마가 덮쳐도 탈출할 수 없다. 개도 마찬가지고 인간도 마찬가지다. 제목을 "자화상"이라고 한 것은 시적 화자 또한 제한된 삶을 살 수밖에 없는 존재라고 한 것. 끝에서 "비로소 자유다"라고 한 것 또한 주목된다. 통닭의 경우와 마찬가지로 개에게 인간의 품격을 부여하였다.

인간중심주의로부터의 도망은 「목숨은 때론 액세서리에 불과하다」에서 보다 선명하게 드러나고 있다. 목가Idylle의 세목 중 하나가 자연과 인간의 공존이다.

비 그친 뒤,

입냄새 훅 끼치고 풀벌레들 실룩 다가왔네

이빨자국 난장판 같은, 충치 먹은 나뭇잎들이

그토록 아름다운 적은 없었네

갉아먹힌 구멍 사이로

별들도 난전 펴고 히죽대고 있었네

통점과 별빛이 곧 내통을 시작하고,

(그때까지 아무도 나 찾지 않았다네)

겉과 속이 똑같은 풀벌레는

양치한 입냄새나 똥냄새나 늘 같은 냄새였었네

풋풋한 냄새로 내 얼굴을 어루만져주니

통점이 별빛처럼 좔좔좔 빛나고는 하였네

— 「목숨은 때론 액세서리에 불과하다」 부분

"충치 먹은 나뭇잎들이 […] 아름"답다고 하였다. (시적 화자의) "통점"을 "별빛"이 찾아냈다고 하였다("그때까지 아무도 나 찾지 않았다네"). 목가 세계의 압권은 "양치한 입냄새"와 "똥냄새"가 같은 냄새라고 한 것이다. "풀벌레" 보고 "겉과 속이 똑같"다고 한 것이다. 목가 세계는 안과 밖이 분열되지 않은 세계(혹은 '이상과 현실이 괴리되지 않은 세계')이고, 인간이 세계의 중심이 아닌, 세계의 일부로 간주되는 세계다. 「나비의 꿈」이라는 시를 덧붙이지 않을 수 없다.

장맛비에 젖은 배추흰나비 한 마리 종각역 전철 안으로 날아

든다. 그는 북적대는 인파에 묻혀 제대로 날지 못한다. 낯선

사내의 널찍한 어깨에 납작 앉았다 그만 스르르 잠이 들었다.

사내의 어깨는 참으로 따뜻했다.

— 「나비의 꿈」 부분

"사내의 […] 어깨" 위에 "납작 앉"은 "배추흰나비"가 "그만 스르르 잠이 들"어버렸다는 얘기. "사내의 어깨는 참으로 따뜻했다"? 탈인간중심주의의 극치라고 말할 수밖에 없다. 목가의 절정이라

고 말할 수밖에 없다.

　탈인간중심주의와 범신론은 인근의 관계에 있다. 인간에게 신성이 자리하고, "생쥐"에게 신성이 자리한다.

　　　戊子年 생쥐들아,

　　　태안 앞바다 정박 중인 유조선

　　　그만 갉고

　　　이빨 푹신 들어가는

　　　무뇌충인 나의 뇌를

　　　인정사정없이 후비고 뜯어라

　　　그래서 별빛이 관통하는,

　　　가뭄에 줄소나기 같은 詩語들

　　　떼로 들락거리는,

　　　은밀한 쥐구멍이나 네 이빨들로 갉아다오

　　　　　　　　　　　　　　　　　　— 「무자년에는」 전문

　시적 화자를 신성을 잃어버린 "무뇌충"이라고 한 것이 주목된다. 나아가 인간과 생쥐 관계의 역전(?)을 보여준다. 생쥐에게 "나의 뇌"를 "후비고 뜯어"달라고 한다. "詩語들"이 "떼로" 쏟아지게 해달라고 한다. 한없이 몸을 낮추고 있는 화자가 보인다. 인간이 보인다.

　「통닭집 앞을 지나가다가」와 「자화상」에서 분출되었듯이 자유는 한영숙의 시세계를 이해하는 또 하나의 중요한 열쇠어다. 한영숙에게 인간은 원형감옥에 사는 존재다. 원형감옥과 광장 한가운데 있는 감시탑은 주종관계다. 시선이 일방향으로 향한다. 의식이 일방향으로 향한다. 물론 원형감옥의 감방에 있는 시선들, 의식들이다. 감시탑의 시선은 보이지 않는다. 보이지 않는 눈에 의해 조종당하는 신세, 바로 원형감옥에 사는 인간의 신세, 현대인의 신세라고 할 수 있다.

월드컵 타원경기장을 원형감옥에 비유할 수 있다. 물론 그라운드에 감시탑은 존재하지 않는다. 원형감옥에는 비자발적으로 들어왔으나 월드컵 타원경기장에는 자발적으로 들어왔다. 월드컵 타원경기장을 원형감옥에 비유할 수 있는 것은 시선과 의식이 일방향으로 향해 있는 점이다. 그라운드에서 눈을 떼지 못한다. 그라운드에 종속되어 있다.

300인치 대형 스크린 밖까지 밀려져 나온 붉은악마의 꼭짓점댄스 정신없이 시끄럽다. 복제된 서툰 스텝 엉킬수록 시끄럽다. '대~한민국' 침 튀기는 분수대 그 큰 입이 눈치 없이 시끄럽다. 야한 배꼽티 속 배꼽들이 시끄럽다. 은밀한 시선까지도 시끄럽다 도대체 클릭하는 곳마다 시끄럽다.

대한민국 6월은 살인적으로 시끄럽다.

— 「월드컵 축구」 부분

주목되는 것은 '"시끄"러움'의 반복이다. 물론 시끄러움이 遍在하기 때문이다. 이러한 시끄러움을 빅브라더의 알레고리로 볼 수 있을까. 감시카메라의 알레고리로 볼 수 있을까. 모두 그 시끄러움에 동참해야 한다. 시끄러움을 싫다고 해서는 안 된다. '시선집중의 유기체', "붉은악마"라는 유기체. 그해 6월은 정말 "살인적"이었네, '자유'가 부재했었네. 「4월」이라는 시에서는 일사불란한 자유의 문제를 거론한다. 일사불란한 자유? 그것을 자유라고 할 수 있을까?

사월 초록 앞바다에서
불법 쌍끌이 조업하는
저 봄,

알 투실투실 밴
치어 한 마리도 남김없이
모조리 저인망에 걸려드는
이 잔혹함.

사정없이 정수리 핏줄 터지는
어리디어린 꽃들의
통
곡

소

리

들,

그물망 사이

투투 툭

날-리-고---

— 「4월」 전문

"쌍끌이"앞에 "불법"이라는 에피세트를 붙였다. "치어 한 마리
도 남김없이/ 모조리 저인망에 걸려드는"에게는 "잔혹함"이라는
명사를 수식하게 하였다. '일사불란함'을 적대시하였다. 뒷부분이
절창이다. '일사불란한 자유'를 요구하는 "4월"에게 꽃들이 "통/
곡"으로 응수한다. 일사불란한 자유의 그물망을 빠져나가는 꽃들
도 있다. "날"아가는 꽃들? 아름다운 '이미지시'이기도 하다.

자유를 인간의 기본조건으로 간주하는 한영숙 시인. 그런데 자
유를 왜 얘기하는가. 이것은 자유롭지 못한 실존을 전제하는 것으
로 보인다. '자유 이야기'를 무한경쟁사회, 황금지상주의시대에
물질로부터, 혹은 물질적 욕망으로부터 자유롭지 못한 실존에서
기인하는 것으로 보는 것이다.

때깔 좋은 놈들이 오늘도 삼삼오오 혹은 떼를 지어 이곳저곳

을 들쑤시며 유영한다. 웬만한 갯지렁이 미끼엔 끄떡도 않는 왕성한 식욕들. 사장배 거들먹 내밀고 배영하는 팔뚝만한 자치붕어, 그 뒤를 약빠르게 좌우 물살 가르며 호위하는 새우 등에 내시 턱을 한 3치 떡붕어들. 은비늘 날 세우며 연일 입질로 세도를 불린다. 언제나 제 잇속만 배불리 챙긴 곳에는 금세 부도난 건설현장 공사판이 있다. […]

비 오는 날,
때깔 좋은 그 붕어들을 엄지손톱으로 능숙하게 배를 딴다.
손에선 비린내가 유독 심하게 난다.

— 「내가 날마다 손톱을 기르는 이유」 부분 ①

왜 나는 바람이 흔들릴 때마다

수만 송이 마음을 떨구고 있을까

— 「볼 팽팽한 벚꽃 나무를 보면서」 부분 ②

① 포식자를 상징하는 "자치붕어", 기식자를 상징하는 "떡붕어들"을 등장시킨다. 포식자와 기식자를 통해 자본주의적 생활양식의 전형적 단면을 보여준다. "제 잇속만 배불리 챙긴 곳에는 금세 부도난 건설현장 공사판이 있다"는 직설적으로 자본주의의 모랄해저드를 꼬집은 것. "비 오는 날/ 때깔 좋은 그 붕어들을 엄지손

톱으로 능숙하게 배를 딴다"? 실존적 자유를 위협하는 자본주의적 생활양식에 대한 증오라고 할 수밖에 없다. 자본주의적 생활양식에서는 "비린내가 […] 심하게 난다."

② 욕망으로부터 자유롭지 못한 탄식으로 들린다.

인간의 욕망에 대한 최고의 타격 중의 하나가 바니타스vanitas이다. 혹은 메멘토 모리memento mori. 바니타스와 메멘토 모리는 인간의 욕망에게 '자기성찰'이라는 품격을 요구한다. 자기성찰이라는 품격을 요구받지 못한 인간은 결코 죽음 앞에서 '최고'가 될 수 없다. 자기성찰이라는 품격을 요구받은 인간은 죽음 앞에서 최고가 될 가능성이 있다. 한영숙은 죽음 앞에서 최고가 될 욕망(?) 또한 감추지 않고 있다. 일찍이 하이데거가 죽음을 앞당겨 성찰하는 것을 강조했었다. 이에 대한 탁월한 예가 바로 「50보 100보」, 그리고 「실버병동」이다.

내일 모레면 팔순인 어머니
만날 젊을 줄 알았습니다.
모처럼 함께 길산책을 하였습니다
두어 발짝 떼시고는 쉬엄쉬엄 저만치 오시는,
차멀미가 싫어서 걷는 게 오히려 자신 있다던
그 말이 참으로 무색했습니다
주어진 트랙의 완주를 눈앞에 두고 서서히

탈진해 가는 무명선수

나는 보았습니다

결승선을 막 통과하려고 안간힘 쓰는

미래 어느 날

내가 바로 거기에 있었습니다

— 「50보 100보」 전문

실버병동, 잇몸 주저앉은 고철들

기력 쇠잔한 녹물이 링거를 타고 붉게 흘러내린다

평생을 담금질로 벼린 수제 농기구들

풀무질 그친 대장간에 어지러이 널려있다

두드리면 두드릴수록 갈면 갈수록

더욱더 날카롭게 빛나던 젊음들이

360km로 밀어붙이는 초고속 자동화에 등 떠밀려

쓸쓸히 병상에 갇혀 있다

청진기를 꽂은 신대장장이 뒤늦게 한바탕 불질을 하지만

날이 통 시원찮다

무르다

— 「실버병동」 전문

　인간중심주의적 사고방식에 계속 추동력을 부여하는 것은 인간의 끊이지 않는 욕망이다. 인간은 욕망하는 기계이다. 욕망하는 기

계인 인간에게 자기성찰을 요구한다고 해서 욕망이 없어지는 것
은 아니다. 욕망의 덧없음을 깨닫게 할 뿐이다.

　욕망에 능동적으로 참여하는 삶, 욕망하는 기계를 돌아가게 하
는 삶, 또한 삶을 건너가는 한 방식일지 모른다.

> 　　[…] 둥지에는
> 　　겨울비가 제 집처럼 콕 틀어박혀 한가하게
> 　　고도리판 벌리고 있다
> 　　아직 끝나지 않은
> 　　2009년 12월,
> 　　막간을 이용해 욕심껏 光 팔고 있는
> 　　그 떠들썩한 판에 끼어
> 　　나도 그렇게 목숨을 확 내동댕이치고 싶다
>
> 　　　　　　　　　　　　　　　　　　　— 「겨울나무」 부분

　욕망이라는 전차에 몸을 맡기고 싶은 충동의 전경화! 특히 "막간
을 이용해 욕심껏 光 팔고 있는/ 그 떠들썩한 판에 끼어/ 나도 그렇
게 목숨을 확 내동댕이치고 싶다"고 한 것이 아름답다. '솔직'이
아름답다. '떠들썩한 판에 끼'여 한 세상 살다가 "목숨을 (자발적
으로) 확 내동댕이치는 것" 또한 '한 경지' 아닌가.

　헛배 부른 뱃속에

꾸역꾸역 하루를 구겨넣는다.

어제 같은 오늘

오늘 같은 내일,

화장실 물소리만 요란하다.

— 「권태」 전문

삶이 잔혹하다. 죽음이 잔혹하지 않다. 죽음이 잔혹함을 모른다. 삶이 죽음이라는 잔혹함을 안다. 내일은 내일의 태양이 뜬다는 말 또한 잔혹한 말이다. 동일한 태양의 영원한 회귀인 줄 알면서 내일은 내일의 태양이 뜬다고 하다니! "어제 같은 오늘/ 오늘 같은 내일", 솔직한 말이다. (욕망의) 배설만 잘 시키면 한 세상 잘 건너갈 수 있을지 모른다.

김동현론

세계시민주의 · 마조히즘 · 니힐리즘

세계시민주의 · 마조히즘 · 니힐리즘
— 김동헌론

저 바람에는 아버지의 정신이 새겨져 있을 것이다

— 김동헌

친밀의 개방성 · 세계시민주의

바흐친이 희극민중문화가 비공식성, 모호성, 상대성의 특징을 갖는다고 했을 때, 희극민중문화를 '현대시'로 대체할 수 있다. 현대시는 공식성을 강조하지 않는다. 전통적 서정시에서 느낄 수 있는 공식성이 존재하지 않는다.[1] 명징성보다 모호성에 더 접근하였고, 그렇다고 비공식성이나 모호성을 절대시하지 않는 유연한 태도를 취한다. "이런 시도 있고 저런 시도 있다."[2]는 식의 상대적 태도를 취한다. 상대성이 후기모더니즘의 주요 세목이다.

비공식성, 모호성, 상대성의 시학적 특성은 알레고리에 있다. 현대시의 '變更'은 알레고리를 통한 變更이다. 기표와 기의의 관계는 고정된 것이 아니라, 자의적 관계로 인식된다. 요컨대 상호이질적인 것들, 상호폐쇄적인 것들을 융합시켜 본래의 기표/기의에서 벗어난, 새로운 기표/기의를 발생시킨다. 바흐친이 그의 『도스토

---

1) 다르게 '현대시'를 말할 수 있다. 현대시는 공식문화가 아닌, 비공식문화가 되었다고, 더 분명히 말하면 주류문화에서 비주류문화로 밀려났다고.
2) 박찬일, 「이런 시도 있고 저런 시도 있다」, 박찬일, 『시를 말하다』, 연세대 출판부, 2007.

예프스키 시학』에서 꼽은 카니발, 혹은 카니발리즘의 4개 범주 중
첫째 범주가 바로 '자유롭고 거리낌 없는 접촉' 즉 친밀의 개방성
이었다. 김동헌의 시집 『반송터널에서 길을 잃다』에서 우선 주목
되는 것이 친밀의 개방성이다.

길을 걷다 마주치는 이여, 어디선가 본 듯한 이여

바람에 단풍잎이 날리고, 갈대가 속삭이고

바람에 내 몸이 흔들릴 때 함께 흔들리는 이여

함께 흔들리며 걸어가야 할 이여

함께 흔들리다 먼저 걸어간 이여

우리는 어쩌다 한 몸에서 갈라져 나와

서로를 그리워하며 바람에 흔들리다

옷깃 스치는 기운에 뜨거워지며

이 세상에서 저 세상을 향하며

뒤엉켜 뒤엉켜 사는 것은 아닌지

누구인지는 모르나 눈빛이 익숙한 이여

— 「길을 걷다가 마주치는 이여」부분 ①

우리는 서로 타인으로 살다가

누군가 삶의 순간에서 떨어지거나

물들어 자연으로 스밀 때 겨우 알아차린다

네가 떨어지면 나도 흔들리고

　　내가 물들면 네게도 그 색감이 번진다는 걸

— 「풍경」 부분 ②

　① "길을 걷다 마주" 친 '너와 나'를 주목한다. 어디서 본 듯한, 사실은 그렇지 않은, "눈빛이 익숙"하지만 "누구인지는 모르"는 "이"에 대해 얘기한다. '친밀의 개방성'이다. 한편으로 세계시민주의의 관점에 있는 것으로 보이기도 한다. "함께 흔들리며 걸어가야 할 이여"라고 영탄했기 때문이다. "우리"를 "한 몸에서 갈라져 나" 왔다고 했기 때문이다. ②에서 이것은 더 노골적으로 표명된다. 주목되는 것이 "자연"이다. 말 그대로의 자연에는 상/하, 성/속, 고상/천박의 구분이 없다. "자연으로 스밀 때"라고 한 것은 '그 자연'을 강조한 것이다. 역시 친밀의 개방성이라고 할 수 있다. "네가 떨어지면 나도 흔들리고/ 내가 물들면 네게도 그 색감이 번진다는 걸"에서 다시 세계시민주의가 느껴진다.

　　바람이 산허리를 더듬는 것은

　　산을 만들어 세우려고 그러는 것이다

　　굽은 산의 골격이나

　　능선의 매무새를 더듬어 모양을 잡아 나가는

　　저 창의적 공기의 흐름,

　　산은 천년의 바람 앞에서

　　비로소 제 모습을 만나는 것이다

그 바람 속에서, 그 바람 속에서

내 몸을 더듬어 만들어 가는 차가운 열정을 느낄 수 있다

누굴까 나를 더듬어 바로 서게 하는 이

— 「바람이 부는 까닭」 부분

"바람"과 "산"의 관계를 이렇게 설정했다면 '"산허리"의 바람'은 원래의 기표/기의에서 떨어져 나와, 새로운 기표/기의를 만든다. 산의 "모양을 잡아" 주는 바람이라고 한 것이 신선하다. "창의적 공기"라고 한 것이 신선하다. 산의 모양을 잡아주는 바람이 알레고리인 것은 이어서 나의 모양을 잡아주는 것도 있을 거라고 추측했기 때문이다. "나를 더듬어 바로 서게 하는 이"가 "누굴까"라고 물었기 때문이다. 김동헌의 시세계가 실체를 드러내고 있다. 다름 아닌, 섬과 섬이 떨어져 있는 것으로 보이지만 모든 섬의 뿌리가 하나인 것처럼, '세계는 서로 연결되어 있다'는 사유다. 알고 보면 우주가 하나였던 것처럼, 티끌보다 작은 특이점에서 출발한 것처럼. 「풍경」의 뒷부분을 보자.

세상의 모든 것들은 그렇게 서로에게 스미며

서로를 물들이며 제 삶을 들어 올린다

우리가 서로를 꿈꾸듯 세상도 우릴 꿈꾸며

서로에게 스미고, 서로에게 물들며

상처조차 서로의 빛으로 환하게 채우는 것이다

하나의 우주가 되는 것이다.

"세계의 모든 것들"이라고 명시하였다. 인드라망의 세계, 世界一花의 세계, 나아가 생명을 생명 전체에서 보는 생태주의의 관점이 나타난다. 세계시민주의의 관점 또한 드러났다. "상처조차 서로의 빛으로 환하게 채우는 것"은 同苦를 말하는 것이다. 물론 세계(시민)에 대한 同苦. 세계시민주의, 곧 사해동포주의의 관점이라고 하지 않을 수 없다. 압권은 「눈에 대하여」에서 드러났다.

> 초겨울 밤, 내리는 저것은 눈이 아니다
> 하늘에 총총한 별들,
> 제 마음 견디다 못해
> 땅으로 떨어지는 것이다.
> [⋯]
> 제 몸 만나러 내려오는 것이다.
> 오랜 기다림에 부서진 영혼,
> 떨어져 땅으로 스미는 것이다.

'전복'의 사유, 즉 친밀의 고정성이 아닌, 친밀의 개방성을 보여준다. "별"이 높은 곳에 있다. 별이 빛난다. 별은 그동안 '절대적 보좌의 영역'에 있었다. 별은 상/하 중 상의 별이었고, 성/속 중 성의 별이었다. 김동헌이 이 관계를 전복시켰다. "눈"도 마찬가지다.

눈은 성/속 중 성의 눈이고, 상/하 중 상의 눈이었다. 절대적 눈, 순수한 눈이었다. 김동헌이 눈, 혹은 별을 탈신비화시키고, 세속화시켰다. 눈 혹은 별이 "제 마음 견디다 못해/ 땅으로 떨어지는 것이"라고 하였다. "오랜 기다림에 부서진 영혼"이라고 한 것도 눈, 혹은 별을 탈신비화·세속화시킨 것. 무엇보다 전복적인 것은 "영혼"과 "몸"의 관계에서다. 영혼/몸의 관계에서 영혼의 우위를 찬탈하였다. 영혼이 몸을 "만나러" 온다고 했기 때문이다.

바흐친의 카니발리즘 범주 중 세 번째가 '서로 어울리지 않는 것의 결합'이라는 뜻의 메잘리앙스다. 메잘리앙스는 서로 어울리지 않는 것의 결합이므로 생산미학적 측면에서 알레고리와 관계하고, 영향미학적 측면에서 그로테스크와 관계한다. 김동헌의 「눈에 대하여」에서 메잘리앙스를 얘기할 수 있다. 카니발리즘의 네 번째 범주인 신성모독 또한 말할 수 있다. 눈을 모독하고, 별을 모독한 것을 하늘을 모독한 것으로 보는 것이다.

마조히즘 · 마조히스트

현대시의 특징으로 꼽은 비공식성, 모호성, 상대성 중 보다 포괄적 개념이 상대성이다. 상대성은 절대성을 용납하지 않는 태도, 이를테면 비공식성, 모호성, 나아가 상대성마저 부정하는 태도다. 혹은 모순성을 즐기는 태도다. 김동헌의 시세계에서 수동적 마조히즘을 얘기하면 전복적 사유와 일견 모순되는 것으로 보인다. 모순되지 않으려면 마조히즘에서 전복성을 찾아내면 될 것.

　　마조히즘이 시대정신과 관련 있다. 마조히즘을 시대정신과 관련
시켜 변론할 수 있다. 현대의 '현상적 시대정신'은 마조히즘보다
사디즘에 훨씬 가까이 접근한 것으로 보인다. 정글자본주의, 천민
자본주의, 승자독식주의, 이 모두를 합친 '황금동전주의'가 사디
즘과 관계있다. 마조히즘을 '시대정신과 관계있는 사디즘'에 대한
전복적 사유로 보는 것이다. 앞에서 언급했던 세계시민주의가 마
조히즘과 친연의 관계에 있다. 마조히즘은 들이대는 자세가 아니
라, 자식·어머니 관계에서 어머니처럼 수용하는 자세에 가깝다.
「바람이 부는 까닭」에 이어 「유달산」이 이런 생각을 갖게 했다.

　　　검은 산에
　　　상현달 걸려 있다

　　　날카로운 융기에 찔렸는가
　　　빛 흘러 산 적신다

　　　정수리부터 젖어드는 이
　　　황홀,

　　　산그늘 환하게 부서져
　　　수만 갈래 빛의 길 된다

산,

서서히 낮아진다

빛,

점점 넓게 퍼진다

나도

이 밤,

허물어진 폐허다.

— 「유달산」 전문

"융기에 찔"린 "상현달"에서 "황홀"을 느낀다. 끝에서 "나도/ 이 밤/ 허물어진 폐허다"라고 한 것은 황홀의 반어로 보인다. 마조히스트에게는 '지는 것이 이기는 것', 마조히스트가 '폐허'에서 쾌감을 느낀다.

「유달산」에서 "수만 갈래 빛의 길"을 주목하지 않고 넘어갈 수 없다. '수만 갈래 빛'이 세계시민주의에 관계있다고 보는 것이다. 다양성의 인정 또한 전복적 사유다. 바흐친은 ―메타담론이지만― 소설에서의 '다양한 목소리'를 전복적 사유에 포함시켰다. 톨스토이 소설에는 단일한 목소리가 있지만 ―이를테면 구도자적, 세계구원적 자세― 도스토예프스키 소설에는 동시대의 다양한 목소리, 나아가 인류학적 차원에서의 인간의 다양한 목소리가 스며들었다고 보았다.

세상의 모든 것들은 그렇게 서로에게 스미며

서로를 물들이며 제 삶을 들어 올린다

우리가 서로를 꿈꾸듯 세상도 우릴 꿈꾸며

서로에게 스미고, 서로에게 물들며

상처조차 서로의 빛으로 환하게 채우는 것이다

하나의 우주가 되는 것이다.

— 「풍경」 부분 ①

서늘한 느낌으로 내 살다 온 세상에 환생하는 것을

나를 떠난 나 다시 나비 속으로

꽃 속으로 나뭇잎 속으로 별빛 속으로

서늘한 느낌 속으로 걸어들어 간다.

빠져 나온다. 나는 어디에나 스몄다가

다시 샌다.

— 「환상詩行」 부분 ②

　①「풍경」 끝 부분을 다시 인용하였다. "세상의 모든 것들"에 대해 애기하고 있다. 물론 "서로에게 스미며/ 서로를 물들이며 제 삶을 들어 올"리는 세상의 모든 것들이다. 서로에게 스미어 서로를 물들이는 세상의 모든 것들이다. ②「풍경」에서 애기한 하나의 우주를 구체적으로 적시하였다. "나를 떠난 나 다시 나비 속으로/ 꽃 속으로 나뭇잎 속으로 별빛 속으로/ 서늘한 느낌 속으로 걸어들어

간다./ 빠져 나온다" 우주가 하나의 구멍처럼 보인다. '들어왔다 나왔다' 자유자재의 행보, 자유자재의 詩行步를 보여준다.

　마조히즘을 보여주는 시들이 많다.

　어허, 우리네 인생

　바다에 빠지는 석양이어도 좋으리

　아무도 찾지 않는

　묵언의 섬이어도 좋으리

　　　　　　　　　　　　　　　　　　　― 「잡도」 부분 ①

　바다에 잠긴 노을

　어둠 내리는 어촌을

　어른어른 밝히고 있었다

　　　　　　　　　　　　　　　　　　　― 「어촌 풍경」 부분 ②

　번뇌에 찬 인간의

　가쁜 숨결이여

　소리 없는 갈증

　일주문에 쓰러져 뒤척인다.

나무아미타불

― 「청량사에서」 부분 ③

① "바다에 빠지는 석양"이 "좋"다고 하는 것이, "아무도 찾지 않는/ 묵언의 섬이어도 좋"다고 한 것이 넓은 의미의 마조히즘과 관계있다. 마조히즘은 어머니의 치마폭과 같은 것, 넓고 "푸르고 깊다".(「아침 풍경」) ② "잠"겨서, 몸을 보시해서 세상을 편하게 해주는 것도 마조히즘이다. "바다에 잠긴 노을/ 어둠 내리는 어촌을 […] 밝히고 있"다고 한 것, 그 자체가 절경이다. 절창이다. ③ 마조히즘의 절정이다. "번뇌"를 겪는, 갈등을 겪는, "인간"이 절대자 앞에서 부복하는 풍경을 연출하였다. 수도사가 절대적인 마조히스트다. 절대자의 음성에 절대적으로 복종한다.

주목되는 시가 「먼지」다. 마조히스트는 이 세상이 "無로 돌아갈 가벼운 것들"의 세상이라는 것을 알고 있는 자, 즉 니힐리스트의 단계를 거친 자다. 마조히스트는 "헛되고 헛되며 헛되고 헛되니 모든 것이 헛되도다"라는 전도서의 말에 공감하는 자다. "모든 형성된 것들은 무너지기 마련이다"라는 붓다의 말에 공감하는 자다. 소극적 니힐리스트와 적극적 니힐리스트? 이것은 호사가들의 명명. 이런 니힐리스트도 있고 저런 니힐리스트도 있다. 김동헌을, 혹은 김동헌 시의 화자들을 '마조히스트로서의 니힐리스트', 혹은 '니힐리스트로서의 마조히스트'라고 명명할 수 있다.

삶이란

저렇게 무형의 소리로

차곡차곡 쌓여가다가

지치고 나른한 모습으로

현신하는 것일까?

눈 피하고

손길 피해

수억의 분자들

하나

하나

쌓이고 쌓여

가벼운 실체를 얻는 것이

삶일까?

훅,

불어내면

無로 돌아갈 가벼운 것들

— 「먼지」 전문

"먼지"에도 세계시민주의가 있다. 문화다원주의, 혹은 다양성의 용인이 있다. "수억의 분자들/ 하나/ 하나/ 쌓이고 쌓여/ 가벼운 실체를 얻는 것이/ 삶"이라고 하였다. 세계시민주의는 세계시민주의, 니힐리즘은 니힐리즘, 이렇게 말할 수 있다. 그러나 사실 니힐리스트들이 세계시민주의자들이다, 박애주의자들이다. 박애주의자들이 꼭 니힐리스트들은 아니지만.

니힐리즘 · 니힐리스트

소극적 니힐리스트/적극적 니힐리스트? 얘기할 수 있다. 다음과 같이 얘기하니까 적극적 니힐리스트다. 완전한 소멸을 꿈꾸는 자가 적극적 니힐리스트다. 윤회의 덫에서 완전히 벗어나고 싶어하는 자, 그를 위해 전심전력 "공덕"을 쌓으려고 하는 자가 적극적 니힐리스트다.

얼마나 더 공덕을 쌓아야
침묵에 들겠느냐

얼마나 더 아파야
해풍에 춤추는 송화로 피겠느냐

― 「해송에게」 부분 ①

언제든 이 땅에 흔적 없이 스며들 것이라고
마음속으로 되뇌며 바람 위에 선다

— 「겨울나무가 있는 풍경」 부분 ②

① "침묵"이, 그리고 "해풍에 춤추는 송화"가 윤회의 덫에서 빠져나가는 완전한 소멸에 대한 알레고리다. ② "흔적 없이 스며들 것"이라고 한 것 또한 윤회에서 완전히 빠져나가려는 자세다.

흘러간 것은 돌아봄을 모른다

가령 저 따뜻한 물속에서
용꿈 꾸고 있을 손때 묻은 사람의 땅은
수몰이 뭔지
개발이 뭔지를
알 턱이 없다 알려고도 않는다 하긴
이끼 낀 유적이 소돔을 알까 고모라를 알까
무심히 붕어의 눈알 들여다 볼 것이고
아주 가끔은 굴절된 추억 한잔 마시겠지

결국, 존재는 흐르는 것들의 사노인가?

— 「임하」 부분

시간에 대한 도저한 인식을 보여주었다. 시간이 비정하다는 것을, 시간이 좌고우면하지 않는다는 것을 보여주었다. "존재는 흐르는 것들의 사노"일 거라는 끔찍한 인식을 하였다. "흐르는 것"
이 다름 아닌, 시간이다. 시간만 흐를 줄 안다. 다음도 적극적 니힐
리스트의 시로 볼 수 있을까.

> 손가락으로 두드리면
> 쨍,
> 검은 화석은 쇳소리를 냈다.
>
> 수만 년을 어둠속에서 기다린
> 고사리의 외침일까?
>
> 어둠을 견디면 식물도 광물이 될까?
> 홀로 견딘 시간으로
> 식물도 광물의 고독을 가질 수 있는 걸까?
>
> 화석이 내는 쇳소리를 들으며
> 나도 내 기다림을 생각해 본다.
>
> ― 「고사리무늬 화석」 전문

"식물"이 "광물"이 되는 것을 또한 '완전한 소멸'의 알레고리로
보는 것이다. 베르그송이나 니체의 진화 법칙은 사실 엔트로피 법
칙에 反하는 것. 식물이 광물이 되는 것이 엔트로피 법칙에 해당한

다. 유기물이 무기물로 변하는 것이 무질서도의 증가와 관련 있다. "식물도 광물의 고독을 가질 수 있는 걸까"라고 한 것은 광물의 고독을 자청하는 자세다. 완전한 소멸을 자청하는 자세다.

세상의 모든
근사하고 위대한 것들이
우리를 외면하고 배신해도
하찮은 것들은 절대
배신을 모른다 겸손히
곁에 있다
[…]
세상에 가장 위대한 단어는
하찮다는 말이다.

— 「하찮은 혹은 위대한」 부분

니힐리스트들이 "겸손"한 자다. 그들이 "배반"하지 않는다. 니힐리스트들이 세상의 가장 바깥에서 '세상의 가장 안쪽을 붙잡고 있는 힘'인 줄 모른다. "하찮은" 니힐리스트들, "위대한" 니힐리스트들.

뿌리는 가없이 낮은 곳을 향한다
살아 있는 것들의 모든 뿌리는 가없이 낮은 곳을 향한다

그 가없는 지향으로 들뜬 세상이 지탱되는 것이다

— 「뿌리」 부분

낮은 곳을 향하는 것이 세계시민주의고, 마조히즘이고, 니힐리즘이다. 세계시민주의와 마조히즘과 니힐리즘이 세상을 지탱하는 힘이 아닐까. 세계시민주의와 마조히즘과 니힐리즘이 세상을 지탱하는 힘이다.

나가며: '아버지' 시편들

아버지 시편들에 세계시민주의, 마조히즘, 니힐리즘이 다 담겨 있다.

아버지를 씻기고
머리를 감기고
알몸으로 이야기하며
목욕하는 것은 큰 복이었다.

— 「목욕」 부분 ①

원래
당신 담았던 육신의 그릇도
저 달빛 같은 거였으리,
혼자 범람하고

홀로 제 길 되돌아서는

시린 달빛,

— 「빈방」 부분 ②

아버지는 바람에 당신을 새기셨다

— 「아버지의 筆體」 부분 ③

① 누군가의 몸을 "씻기"는 것은 ―비록 그것이 "아버지"라 해도― 세계시민주의, 박애주의의 절정이다. 누군가를 씻기는 것은 그리고 마조히즘의 절정이다. 절대적으로 순종하는 자가 누군가를 씻길 수 있다. 누군가의 "머리를 감"길 수 있다. 누군가의 몸을 씻기는 것은 절대자의 말씀에 절대적으로 순응하는 태도이다. 사랑과 자비에 절대적으로 순응하는 태도다. ② "육신"이라는 "그릇"을 "달빛 같은 거"라고 하였다. 육신이 달빛처럼 실체가 없는 것이라고 한 것. 있지만 없는 것이라고 한 것. "혼자 범람하고/ 홀로 제 길 되돌아서는"이라고 한 것도 예사롭지 않다. '혼자'도 니힐리즘의 세목이다. 죽는 것도[되돌아서는 것도] 혼자라는 의식도 니힐리즘의 세목이다. 다시 만날 수 없으리. ③ 마찬가지다. "아버지"를 "바람"이라고 한 것과 같다. 한 번 가면 다시 오지 않는 바람. 달빛과 마찬가지로 바람 역시 실체가 아닌 것, 있지만 없는 것. 아버지가 바람이라면 정말 다시 만날 수 없으리.

먼저 잠드신 아버지 곁에

기쁘게 설 그날에

당신

웃으실지 행여 혀 끌끌 차실지

— 「심우세」 부분

다시 만날 수 없으리. "아버지 […] 웃으"시는 모습, "혀 끌끌 차"
시는 모습 다시 볼 수 없으리.

박종숙론

무의지적 기억과 현상적

／ 변증적 시대정신

무의지적 기억과 현상적/변증적 시대정신
— 박종숙론

누가 감히 가을볕의 은행이라 하겠는가
만나보지 않은 내일의 삶을 이찌 알 수 있었는가

— 박종숙

1. 들어가며

목사에게 들은 말이다. '고양이가 쥐를 사랑하지 않는다. 고양이
가 쥐를 좋아한다. 쥐가 먹이감이기 때문이다.' 기독교는 기대의
종교, 인내의 종교, 무엇보다도 사랑의 종교라는 것을 강조하였다.

사랑하는 것은 같이 아파하는 것이다. 사랑이 '사랑하는 것'에게
아픈 짓을 할 리가 없다. 에로티즘과 사랑은 사랑이 에로티즘을 연
출할 수 있지만, 에로티즘이 곧 사랑이라고 말할 수 없다. 에로티
즘에서 경우에 따라 '먹이'라는 말을 사용할 수 있겠다. 먹고 먹히
는 사디즘과 마조히즘에서 먹이라는 말을 사용할 수 있겠다.

문제는 同苦다. 아프게 하는 것이 아니라. 아픈 자를 같이 아파하
는 것이다. 동고를 사랑의 한 분과라 할 수 있다. 동고의 다른 말은
연민. 세계시민주의, 혹은 사해동포주의는 인류에 대한 연민과 관
계있다. 세계시민주의는 알렉산드로스가 개척했지만 이것의 구체
화는 기독교에서 이루어졌다. 예수의 "네 이웃을 사랑하라"는 말

쏨은 사해동포주의와 관계있다. "땅끝까지 전도하라" 역시 사해동
포주의·세계시민주의와 관계있다. 사해동포주의는 사도 바울의
전도여행에서 실행되었다. 유대를 넘어, 소아시아를 넘어, 그리스
를 넘어, 로마를 넘어.

동고는 '범주적 명령kategorischer Imperativ'(칸트)이다. 보편성·필연
성의 영토에 속한다. 동고는 또한 이타적 행위의 가장 극명한 본보
기다. 딸이 어머니를 동고하는 데서, 어머니가 딸을 동고하는 데서
'이기적 유전자'는 쑥스러워할 것으로 보인다. 어머니가 딸을 동
고하고, 딸이 어머니를 동고하는 것이 유전자보존 법칙과 상관있
다고 해도 '상관없다'. 관객은 유전자보존 법칙보다 먼저 '동고 그
자체'에 공감을 느낀다.

예술의 사해동포주의가 유전자보존 법칙으로 설명되더라도 사
해동포주의 그 자체에 공감을 느낀다. 사해동포주의가 아름답다.
동고가 아름답다.

2. 무의지적 기억

박종숙 시인이 다양성이 용인되는 시대, 상하(혹은 하상)의 무차
별이 용인되는 시대에 걸맞게 다양한 시들을 선보이고 있다. 후기
모더니즘 시대가 '지향점이 없는 시대', '희망이 없는 시대'다. 다
양성은 희망 상실을 포함한다. 희망의 다른 말이 구심력, 그러니까
우리는 구심력 없는 곳에 '있다'. '구심력 없는 곳'을 전체주의와
혼동하지 마시길.

무엇이 앞에 도사리고 있는지 모르면서 사방으로 원심력의 촉수를 뻗치고 있는 사회가 말 그대로 '고위험사회'다. '내일' 모든 것이 사라진다 해도 할 말이 없다.

박종숙 시인의 구심력을 '무의지적 기억(물)'이라고 할 수 있다.[1] 무의지적 기억(물)이 고위험사회에 살고 있는 현대에 든든한 버팀목으로 작용한다.

아버지는 종종 몽당연필에 깍지를 끼워

새것보다 큰 키를 만들어 주곤 했다

[…]

떠나신 지 어언 20년이 지났건만

당신의 사랑법은 유전이 되어

사랑한 것을 버릴 수 없는 병으로

서랍 속에 갇혀 쉬고 있는 몽당연필이 되었다

내 삶의 종착역도 이와 같지 않을까.

— 「삶이란 것이?」 부분 ①

일제 강점기를 사셨던 아버지

태극기를 마음 놓고 펼 수 없었던

그 아픔이 살아나 울고 또 우셨는데

---

1) 박종숙은 그동안 여섯 권의 시집을 상재했다. 박종숙 시인의 시세계를 관통하는 중요한 열쇠어로 '무의지적 기억'을 말할 수 있다.

태극기가 모자도 되고 치마도 되는 요즘

울 아버지 보신다면 뭐라 하실까

또 다른 이유로 눈물을 흘리실 게 분명하다

— 「태극기」 부분 ②

한 번 가신 아버진 다시는 오지 않고

이 봄에 또 나를 울게 한다

— 「다시 오월」 부분 ③

어느새 내가 딸의 냉장고를 채우고 있다

허물처럼 벗어놓은 일상들을 주워 개키고

딸이 낳은 아기를 내 등에 붙이고 서서

내 어머니의 수고를 생각한다

아직도 우렁각시인 은발의 내 어머니를

— 「어느새 나는」 부분 ④

보고픈 사람이 있다는 건 아직 살아있음이라

문득 보고픈 사람이 있다는 것과

스쳐가는 얼굴들 속에 가슴에 남아있는 사람

봉숭아 꽃내음처럼 여름만 되면 떠오르는 그리운 사람

있다는 건 정말 살아있음이라

— 「살아있음」 부분 ⑤

① "떠나신 지 20년" 된 "아버지"를 무의지적으로 기억한다. 아니, "몽당연필에 깍지를 끼"운 아버지를 무의지적으로 기억한다. 貴한 것은 무의지적 기억 자체가 아니라. 무의지적 기억에서 얻는 유익함prodesse이다. 아버지의 죽음과 아버지의 "사랑법"[아버지의 몽당연필]에서 "내 삶의 종착역"이라는 철학적 화두를 얻고 있다. '모든 죽어가는 것을 사랑해야지'라는 인식을 얻고 있다. ② 무의지적 기억이 연상에 의해 이루어진다. "태극기가 모자도 되고 치마도 되는" 포스트모던 시대, 정전 不容의 시대, 신성모독의 시대가 21년 전 떠나신 아버지를 기억하게 했다. 무의지적 기억을 향유하는 자는 포스트모던 시대를 향유하지 않는 자? 그럴 것 같다. 정전 不容을 향유하면 정전을 중요시한 아버지를 떠올리지 않을 것 같다. 아버지를 기억에서 배제시킬 것 같다. ③ 생이 일방통행로가 아니라면 무의지적 기억이 있을 리 없다. 다시 살 수 있다면 무의지적 기억이 있을 리 없다. "울"음이 있을 리 없다. 무의지적 기억이 삶이 偏道라는 점을 다시금 일깨워준다.[2] ④ 무의지적 기억은 전염성이 강하다. 무의지적 기억 작용으로 인해 어머니의 수고를

---

2) 시 「돌아오지 않는 시간」이 있다.

떠올리는 자가 다시 무의지적 기억 대상이 된다. 어머니를 기억하는 딸이 있으면, 그 딸을 기억하는 딸의 딸이 있게 된다. ⑤ 무의지적 기억은 또한 "살아있"다는 증거가 된다. "보고픈 사람이 있"으면 "스쳐가는 얼굴"이 있으면 살아있다는 증거다. 죽은 사람에게는 보고 싶은 사람이 없고, 스쳐가는 얼굴이 없다.

무의지적 기억은 인류의 문화유산을 보존시키는 데에 기여한다. 무의지적 기억이 과거의 사물을 불러와 과거의 사물을 현재화시킨다. 과거의 사물을 고찰하게 한다. 80년이 지나면 망자와 망자의 물건들이 기억에서 사라지게 된다고 한 것은 아스만.[3] 무의지적 기억에 의한 '글'이 ─이를테면 박물관, 기념관, 동상 등과 마찬가지로─ 망자와 망자의 물건들을 영원히(?) 보존되게 한다. ① "반짇고리"를 오랫동안 보존되게 한다. ② "반지꽃"을 오래도록 보존하게 한다. 들꽃 중의 들꽃인 반지꽃을 기억하는 사람이 있을까. 한 세대가 더 지나면 기억하는 사람이 있을까. 있다면 박종숙 시인의 덕분이리라.

> 민들레꽃처럼 머리가 하얀 팔순의 어머니
>
> 열다섯 살 시집 올 때 외할머니가 주셨다는
>
> 반짇고리를 아직도 끼고 사신다
>
> 주인은 늙어 돋보기를 치켜들어야

---

3) 이에 대한 자세한 것은 박찬일, 「축제의 문학화·일상의 문학화」, 『축제문화의 제 현상』(유럽사회문화연구소), 연세대출판부, 169면 참조.

간신히 바늘귀를 꿸 수 있는데

언제나 젊음인 채 새색시마냥 다소곳이

늘 그 자리에 앉아

주인의 손길을 기다리는 반짇고리

— 「반짇고리」 부분 ①

수줍게 피어난 들꽃들

종일 바라보던 때가 있었다

면사포처럼 눈부신

어여쁘다는 이유로 생각 없이 꺾고

손가락에 올려보던 반지꽃

— 「기억 일기」 부분 ②

3. 현상적 시대정신들

시대정신에 영원히 등을 돌릴 수 없다. 현상적 시대정신을 얘기
할 수 있고, 변증적 시대정신을 얘기할 수 있다. 현상적 시대정신
에 이미 변증적 시대정신이 포함된다. 시대정신을 보이지 않는 힘
이라고 할 수 있다. 보이지는 않지만 엄연히 있는 힘, 그것을 시대
정신이라고 할 수 있다. 시 「보이지 않는 힘」이 이러한 시대정신의
속성에 대한 알레고리로 보인다.

정확히 새벽이면 통증을 쏴대는 그놈은
도대체 어떻게 생긴 녀석인지
내시경을 들여다보던 의사는 늘 별일 아닌 듯
두어 달 약을 먹으면 된다고 한다
새벽마다 일어나는 음모는 그래도 불안하다

새벽이면 꿈틀거리는 음모는 나를 불안하게 한다
눈에 보이는 곳에 상처가 있다면 덜 아플 터
불안까지 더해져서 반란은 배가 된다
보이지 않는 곳에서의 반란은
핵폭탄만큼이나 진배없는 두려움이다.

— 「보이지 않는 힘」 부분

"통증"은 보이지 않지만 엄연히 존재하는 실체다. 현상적 시대
정신은 보이지 않는 힘으로서 우리를 규정한다. 우리를 "불안"하
게 한다. 불안을 세 번 등장시키고 있다. "핵폭탄만큼이나 진배없
는 두려움"으로 압도하는 현상적 시대정신의 정체는?

눈을 뜨면 맨 먼저 약을 먹는 일이다
혈압강하제, 콜레스테롤, 관절염, 역류성 식도염에 위궤양까지
한 사발의 물과 한 움큼의 약을 삼키고 나면
오전 11시까지 허기는 없다

죽는 날까지 거르지 말고 먹어야 한다

죽고 싶으면 약을 끊으세요 한다

온몸이 고물이라 보험도 들 수 없단다

— 「변명」 부분 ①

잠시라도 책을 놓으면 허전하다

버릇으로 펼쳐 들지만 생각은 먼 곳으로 달음박질한다

산불이 숲을 삼키듯 행간을 핥아버리고

또 다른 장을 열어보지만 남는 건 아무것도 없다

— 「책 읽기」 부분 ②

돌을 던지고 싶다

집히는 대로 아무거나 들고

우박처럼 네게 퍼붓고 싶구나

세상은 여전히 불빛이고 화려하더라

10층에서 내려다본 먼 고가다리

꼬리를 문 차들의 불빛들

내 울화만큼이나 붉더라

머리를 아래로 하고 떨어지면

— 「처음으로 나도」 부분 ③

'감기에 걸린 개'를 만났다

복 중에 재채기를 한다

코끝의 땀으로도 어찌 할 수 없는

마음의 열이 들떴나보다

— 「여름 감기」 부분 ④

주목되는 것은 —「보이지 않는 힘」의 연장선에서— 시대정신을 세목으로 드러내지 않고 분명 시대정신이 초래했을 '증상'을 보여주는 점이다. ① "눈을 뜨면 맨 먼저 약을 먹"게 한 遠因이 무엇인가. 약을 "죽는 날까지 거르지 말고 먹"게 하는 遠因이 무엇인가. ② "잠시라도 책을 놓으면 허전하"게 하는 遠因이 무엇인가. 무언가 하지 않으면 불안하게 하는 遠因이 무엇인가. 알 수 없는 행동으로 우리를 괴롭게 하는 것이 무엇인가. ③ "돌을 던지고 싶"게 하는 것이 무엇인가. 화자로 하여금 "머리를 아래로 하고 떨어지"고 싶게 하는 것은 무엇인가. ④ 여름 감기는 개도 안 걸린다? "감기에 걸린 개를 만났다"고 하고 있다. '재채기를 하는 개'가 그로테스크하다. 개를 감기에 걸리게 한 것이 무엇인가.[4] "마음의 열"은 무엇에 대한 열인가. 이에 대한 답을 주는 시가 있다.

---

[4] "구피는 알을 낳지 않고 새끼를 낳는 신비한 물고기, 꼬리지느러미가 어쩌나 넓고 예쁜지 예쁜 드레스를 입은 공주와도 같아 나는 치마물고기라고 부른다// 어미의 몸에서 빠져나오는 순간 작은 치마를 팔락이며 헤엄치는 새끼를 보면 입이 다물어지지 않는다 또한 새끼가 먹이인 것으로 착각을 하고 냘름 삼켜버리는 어미의 아둔함에 또 한 번 입이 다물어지지 않는다"(「구피 가족」부분) 감기 걸린 개 처럼 "구피"가 그로테스크하다. 「구피 가족」은 「여름 감기」와 마찬가지로 그로테스크한 사회에 대한 알레고리로 보인다. '입이 다물어지지 않는다'는 '더 이상 놀라지 않는다'에 대한 반어로 보인다. 사실 놀랄 것이 더 있겠는가.

동전 몇 개로 취할 수 있는

엄지는 구경하고 검지만 까딱하면

무엇이든 만날 수 있는

쉽게 가질 수 있는 세상이다

[…]

사람들은 오늘 자동판매기 앞에서

또 다른 요행을 꿈꾸며

바다와 산을 누비는 동전을 짤랑거린다.

— 「자판기」 부분

　위의 시 「책 읽기」에 대한 언급에서 '"잠시라도 책을 놓으면 허전하"게 하는 遠因이 무엇인가. 무언가 하지 않으면 불안하게 하는 遠因이 무엇인가'라고 질문했었다. 대답이 시 「자판기」 뒷 부분에 있는 것으로 보인다. 원인이 황금 "동전"에 있는 것으로 보인다. "요행을 꿈"꾼다는 것은 대박을 꿈꾼다는 것이다. 부자를 꿈꾼다는 것이다. '부자 되세요'가 인사말이 될 줄 몰랐다. 불가능해 보였던 곳에서 우리는 가능하게 살고 있다. 압권은 "엄지는 구경하고 검지만 까딱하면"이라는 구절이다. 엄지는 나머지 손가락들을 관장하는 구심력으로서의 역할을 상징하는 것이고, 따라서 '엄지는 구경하고'는 '구심력을 상실하고'의 다른 말로 보인다. 검지는 원심력으로서 현대인의 욕망에 대한 상징인 것으로 보인다.

속은 검을 대로 어둡고
배는 터질 만큼 채운
무늬만 곧은 사람들
오늘도 입으로만 외쳐댄다

속을 비우라고
그리고 버리라고.

— 「저 대나무를 보라」 부분

"배는 터질 만큼 채운"은 욕망의 과포화상태를 말한 것이다. "속을 비우라고/ 그리고 버리라고"? 어떻게?

또 하나의 현상적 시대정신으로 '사람과 사람 사이의 거리'를 말할 수 있다.

수취인 불명이라는 글씨를
가슴팍에 눌러 담고 돌아온
나의 글씨가 왜 그리 쓸쓸해 보이는지
혹여 주소가 틀렸나 전화를 걸어본다
소나기 아래 웅크린 나팔꽃처럼
힘없는 여인의 대답 :
"한 달 전에 돌아가셨어요"

— 「돌아온 편지」 부분

대도시 사회의 사람과 사람 사이의 거리를 극명하게 보여주었다. 사람과 사람 사이에 섬이 있다? 사람과 사람 사이에 거리가 있다. 좁혀지지 않는 거리, '죽음이 되어야' 간신히 알게 되는 거리.

> 섬만큼이나 외로운 나는
> 헛발질로 그 울음소리를 듣는다
> 죽어가는 섬의 울음소리를
>
> — 「섬의 울음 — 을왕리에서」 부분

사람과 사람 사이에 섬이 있다? 사람과 사람 사이에 심연이 있다.

4. 다시 시작할 수 있을까

생각만으로 되는가. 욕망을 생각만으로 비울 수 있는가. 다시 시작할 수 있는가. 다시 시작할 수 있는 시간이 있기는 있는 건가. 세계가 다시 시작할 수 있는 시간이 있기는 있는 건가.

> 미운 마음 거두고 다시 보리라
> 티끌 묻은 마음 뒤로 물리고
> 다시 보고 또 다시 보면
> 장대비에 말끔히 씻어보이리라.
>
> — 「장마를 보다」 부분 ①

우리 삶도 이러할 터, 버릴 것 다 버리고 속 다 씻으면

하얀 껍데기처럼 가볍게 웃을 수 있겠지

— 「조개껍질을 주워 들고」부분 ②

다른 어둠을 밝히기 위해 잠행을 시작한다

해가 지는 찬란함을 지켜보면서

저렇게 나도 아름다운 최후를 만들고 싶다는

옹골찬 꿈을 가슴 가득 품어본다

— 「해넘이」부분 ③

① "장대비에 말끔히 씻어"낼 수 있을까. ② 바닷물에 속 다 "씻"어낼 수 있을까. 재세례를 받을 수 있을까. 누가 재세례를 주는가. ③ "잠행"할 시간이 남아있을까. "아름다운 최후"가 정말 가능할까. 정말, "옹골찬 꿈"이 아닐까.

비 그친 도로 위에 지렁이 한 마리

비틀거리며 배밀이를 하지만

돌아갈 흙 한 줌 만날 수 없다

어찌하여 이곳까지 오게 되었는지

길 잃은 아이처럼 발만 동동대다가

물기 하나 없이

녹슨 철사처럼 말라가고 있다

한 줌의 흙이 없어 죽어야 한다

— 「길을 잃다」 부분

절창이다. 나침반 상실의 시대, 고향상실Heimatlosigkeit의 시대에
대한 탁월한 알레고리로 보인다. "우리는" 정말 "한 줌의 흙이 없
어 죽어야" 하는 시대에 도달한 것이 아닐까. 다시 한 번: "별이 빛
나는 창공을 보고, 갈 수가 있고, 또 가야만 하는 길의 지도를 읽을
수 있던 시대는 얼마나 행복했던가?"

5. 나가며

무의지적 기억과 시대정신이 서로 관계한다. 현상적 시대정신과
현상적 시대정신에 대한 대응으로서의 변증적 시대정신 모두와
무의지적 기억이 관계한다. 현상적 시대정신이 빠름이라면 '빠름
과 이에 대한 대응으로서의 느림' 모두와 무의지적 기억이 관계한
다. 빠름이 무의지적 기억을 죽이고 느림이 무의지적 기억을 살린
다. 무의지적 기억을 얘기하는 것이 시대정신을 얘기하는 것이다.

추석을 앞두고 뒷산에서들 벌초를 한다

평소엔 우거진 풀과 땅벌이 무서워 가보지 못한 곳

> 앞서 간 사람 덕분에 오랜만에 그 길을 걸어본다
>
> 먼저 주인이 심었다는 세 그루의 밤나무
>
> 새 발자국 소리를 기다렸다는 듯
>
> 토실한 알밤을 내 머리 위에 쏟아낸다
>
> 무엇이 그리 바빠 계절도 잊고 살았는지
>
> 콩밭 너머로 가을은 깊어간다

— 「밤송이를 주워 들고」 부분

"무엇이 그리 바빠 계절도 잊고 살았는지"라고 한 것이 주목된다. 빠름의 시대에 느림이라는 화두를 던진 것, 이 역시 시대정신과 무관하다고 할 수 없다. 빠름이 시대정신이고, 느림에 대한 성찰 또한 시대정신이다. "벌초"가 느림과 관계있다. 또한 무의지적 기억과 관계있다. 느림이 무의지적 기억을 불러온다. 벌초를 통해 죽은 사람을 기억하고, 죽음에 대해 명상하게 된다. 벌초하러 가는 시간, 벌초하는 시간은 우주적 성찰 속에 있는 시간이다. "세 그루의 밤나무/ 새 발자국 소리를 기다렸다는 듯/ 토실한 알밤을 내 머리 위에 쏟아낸다"도 그냥 지나칠 수 없다. '잃어버린 자연'이 '눈앞에 있는 자연'으로 바뀐다. 눈앞에 있는 자연을 노래하면 목가다. 목가가 잃어버린 자연을 성찰하게 한다. 잃어버린 자연을 성찰하는 것은 시대정신을 성찰하는 것이다. 시대의 시대정신을 성찰하는 것이다. 눈앞에 있는 자연을 보는 것도 시대정신과 관계있다.

「어머니, 나의 어머니」를 언급하지 않고 논의를 끝낼 수 없다. 어머니가 '무의지적 기억'의 온상이다. 어머니가 '가장 잊혀지지 않는 경험'이다. 어머니가 가장 저절로 기억된다.

> 늦은 밤에 집에 들어가 전등을 켜니 식탁 위에 방울토마토
> 한 접시가 놓여 있다. 분명 '어머니가 사다놓으신 것이리라'
> 생각하고 한 알을 입에 넣었다. 생김새도 오죽잖고 맛도 시큼
> 한 못난이 토마토, '이렇게 못 생기고 맛도 없는 것을 왜 사다
> 놓으셨을까' 나는 물론 다른 식구들도 접시를 밀어냈다.
> 다음 날 서둘러 집을 나와 일터에 앉았는데 전화가 왔다.
> "에미야! 어제 방울토마토 먹어봤니? 그게 꼴은 그래도 내가
> 화분에 심어 키운 나무에서 딴 거란다. 하루에 두세 알씩 따서
> 열흘 동안 냉장고에 넣어 모은 거여. 너 먹으라고…… 아 참,
> 나도 두 알 먹었으니께 엄마 걱정 말고 너 다 먹어라. 내년에
> 는 더 심어야겠다."

>   — 「어머니, 나의 어머니」 부분

혹시 기억 속의 어머니가 아닐까. 시인이 가상현실을 맘껏 이용하는 것이 아닐까. 물론, 아니다. 무의지적 기억처럼 감동적 장면을 연출했기 때문이다. 현재는 대부분 감동적이지 않기 쉽다. 과거가 감동적이기 쉽다.

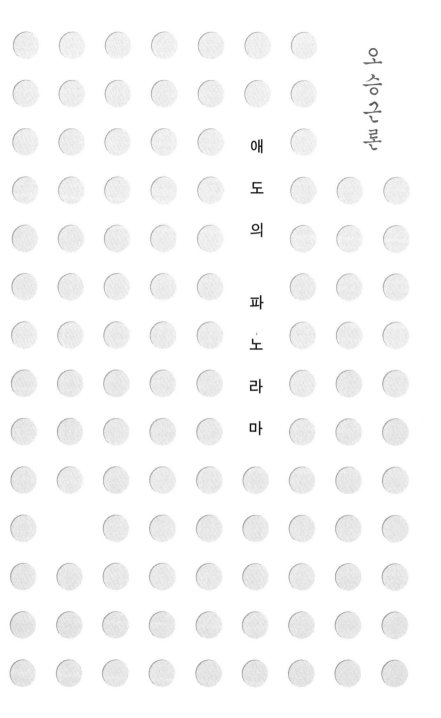

오승근론

애
도
의
파
노
라
마

애도의 파노라마
— 오승근론

1. 소멸에 대한 애도

멜랑콜리가 다수가 아니고 애도가 다수다. 대부분 애도에 오랜 시간을 맡긴다. 오랜 시간 애도에 시간을 바친 '심정'의 무의식적 결과물, 우선 나는 오승근의 시를 이렇게 명명해가고 싶다. 애도는 타자의 소멸과 관계있고 멜랑콜리는 본인의 소멸과 관계있다. 물론 타자의 소멸이 본인의 소멸과 연결될 수 있다. 본인의 소멸과 연결되면 물론 멜랑콜리다. 죽음에 이르는 병, 멜랑콜리다.

흉터 속으로 어떤 소리가 비껴갔을까 구멍난 곳으론 또 어떤
시간들이 누수되었을까

— 「소리의 알」 부분 ①

예전엔, 이 산동네도 울창한 숲속이었으리라

— 「세탁소 김씨」 부분 ②

파이프를 입으로 가져다 물었다

연기의 곡선 속으로 빠져들기 시작했다

— 「피카소 그림 감상법」 부분 ③

솔잎의 천 년 향을 더듬고 있는

주목에게 눈보라는 하얀 수의를 입혀주고 있다

— 「세한도」 부분 ④

세한을 견디지 못하고 삭정이가 된

가지들을 뚝뚝 분질렀다

여기저기 어긋났던 갈필의 형틀

제자리를 찾는 그 소리 깊다

— 「세한도를 찾아서」 부분 ⑤

이쯤에서 채우기보다는 더러 비워야 하는 이유를, 더러는 낮아진 체온을 오랫동안 유지하는 기법도 익혀야 할 때가 아니겠는가

— 「다시, 사랑을 위한 행보」 부분 ⑥

책상 밑으로 의자를 밀어 넣어본다. 반평생이 지나서야 비로소 아귀가 맞추어졌다

— 「책상을 더듬다」 부분 ⑦

바람에 날아간 트럼펫 악보

다시 펼쳐들어 읽을 수 있을까

— 「난쟁이 눈을 뜨다」 부분 ⑧

    입구 한 켠에 모로 누워 있는 오동나무 한 투막, 오래 살면 한가운데 저리 구멍이 생긴다지? 골수가 다 빠져나간 저 구멍은 예전에 수액이 왕성하게 치솟던 길이었다지? 공명의 세월 그대로 바람이 와 닿을 때마다 명치끝에서 우러나오는 그 소리가 깊디깊다 빨려들 듯 내심의 고요를 텅빈 구멍 속으로 채워 넣는다

— 「명품 가구점에서」 부분 ⑨

    인용된 시들을 전부 '소멸에 대한 애도'로 보는 것이다. 우선 ①, ②, ③에 대하여: '가다'라는 의미소를 내포한 동사들은 많다. 걸어가다, 차타고 가다, 날아가다, 달려가다, 올라가다 등등. '시간이 가다'의 '가다'가 다른 것은 여기엔 소멸이 내재되어 있기 때문이다. 시간은 다시 돌아오지 않기 때문이다. "연기의 곡선"처럼 사라지기 때문이다. ④ '살아 1000년 죽어 1000년'이라 불리는 "주목"? 2000년은 긴 시간이다. 이미 기원후 2000년이다. 그러나 2000년도 지나갔다. (시 「세한도」에서 "주목"은 적송을 가리키는 것으로 보인다. "솔잎의 천 년 향"이 그것을 증거한다. 오승근의 「세한도」는 유안진의 「세한도 가는 길」을, 무엇보다도 추사의 「세한도」를 떠

올리게 한다. 추사의 세한도는 소나무들이 있는 그림 아닌가. "고목이 된 소나무는 비스듬히 나뭇가지 드리우고 집에 기대어 있다." 추사가 영향 받았다고 하는 소동파의 「언송도」에 나오는 구절.)

⑤ 시간은 "제 자리를 찾"아가고 있다? 적어도 현대 물리학의 성과물을 보면 그렇다. 100억 년 된 태양, 앞으로 100억 년 있으면 사라질 태양. 50억 년 된 지구, 앞으로 50억 년 있으면 사라질 지구. 137억 년 된 우주, 200억 년 후면 중력이 해체되어 우주의 모든 형체는 형체도 없이 사라지리. ⑥, ⑦도 그런 맥락에서 읽혀진다. "비"우는 것이 제 자리를 찾아가는 것이다. "책상 밑으로 의자를 밀어 넣어본다. 반평생이 지나서야 비로소 아귀가 맞추어졌다"라고 한 것이 압권이다. '의자'는 비워지게 되어 있다. '책상 밑으로' 들어가게 되어 있다. ⑧ 소멸에 대한 애도가 너무 노골적이다. ⑨ '"구멍" 속으로 들어가는 것' 도 소멸에 대한 알레고리. 구멍 속으로 나와 모두 구멍 속으로 사라지지 않는가. '시공간이 사라진' 구멍 속으로 사라지지 않는가.

2. 멜랑콜리

시집 『세한도』의 많은 시들이 소멸에 대한 애도의 연속으로 보인다. 애도가 아닌 멜랑콜리가 간간히 눈에 비친다는 점도 주목된다. 멜랑콜리는 물론 자기 자신의 소멸에 대한 애도다. 「상형문자 풀이」를 보자.

혈흔 같은 인주가 세상에 찍혔지만

정작, 부족한 혈액으로 보충되지는 못했단다

인감도장에 상형문자를 새기며

갑골문 같은 세상을 풀어나가기 시작했단다

서류뭉치에 처음 인감을 담부하던 날

파란 하늘에 두어 평쯤 되는 번지수를 새겼단다

살아오는 동안, 번개 몇 번 맞았고

마른하늘의 날벼락 맞으며

대추나무 도장처럼 단단해져 갔단다

순탄한 삶이 보증되리라 믿으며

빨갛게 완성된 대추알처럼

세상에 이름 석 자 주렁주렁 영글어 갔단다

더 이상 인주가 묻어나지 않는 인감도장

이제 막, 그 난해한 상형문자를 다 풀이했단다

마지막 직인이 사망신고서에 찍히자

번지수가 새겨진 두어 평의 하늘을 향해

비로소, 두 줄 사이를 벗어나 승천하기 시작했단다

— 「상형문자 풀이」 부분

　자기 소멸에 대한 이해 및 인식의 報告 아닌가. 무엇보다도 "사
망신고서"와 "인감도장"에서 주춤거리게 된다. 화자가 사망신고

서의 "마지막 직인"에 주목한 이유가 무엇일까. 자기 소멸에 대한 멜랑콜리 때문 아닌가. "순탄한 삶이 보증되리라 믿"었지만 그 믿음은 깨지게 되어 있다. 필연적으로 다가올 自己 사망 때문에 깨지게 되어 있다.

> 내가 묻힐 옹관묘 한 채를 보았다
>
> — 「집에 대하여」 부분

"내가 묻힐 옹관묘 한 채"라고 한 것도 멜랑콜리의 작용에 다름 아니다.

3. 애도의 파노라마: 자본주의, 현대문명, 인류

애도가 상실, 혹은 소멸에서 비롯된다면 적용하지 못할 대상이 없다. 태양 아래 새로운 것이 없다? 아니다, 태양 아래 영원한 것이 없다? 아니다, 태양이 영원하지 않다. 토론토대학 로저 마틴 교수는 2010년 하버드대 경영대학원이 만드는 월간 학술지 하버드비즈니스리뷰 신년호에서 주주자본주의에 대해 사망을 선고했다. 다름 아닌 주식에 의존하는 현실자본주의, 주주들을 위한 현실자본주의에 사망을 선고했다. 주식값이 무한히 오를 수 없기 때문이다. 마틴 교수는 미국의 대표적 기업 중의 하나인 GE의 주식 시가총액은 —주주자본주의 철학의 화신인 잭 웰치가 회장으로 재임하는 동안— 130억 달러에서 4,800억 달러로 높아졌지만 지금은

1,700억 달러에 불과하다고 했다. 마틴 교수는 심지어 '주식'에 대한 보호장치 역할을 하는 '이사회' 제도가 없어져도 회사 유지에 아무런 지장이 없을 거라고 했다.

> 흥부 밥상을 지나 놀부 밥상도 지나
> 저공으로 지평선을 날고 있는 중이다
> [...]
> 육지에서 제일 좋아하는 먹이가 지폐라는데
> 알고 보니 두둑한 배짱도 거기에서 나온다고?
>
> ― 「굴비 날개를 달다」 부분

끝의 물음표에 유의한다면 자본주의의 패퇴에 대한 애도로 읽힌다. 「책의 수명」은 책의 운명에 대한 애도로 읽힌다.

> 수명은 예고 없이 단축되는 것일까
> 책상유리가 금이 갔다
> 책을 무겁게 내려놓을 때마다
> 호령하듯 길을 만들어 간다
>
> ― 「책의 수명」 부분

"책상유리"에 "금이" 간다는 것을 책의 수명이 끝나고 있다는 것에 대한 알레고리로 읽는 것이다. 책상유리를 깨뜨리는 책의 무게, 책이 있을 곳은 어디인가.

　　태극문양의 포장상자를 뜯어보았네 경기 상승폭 OECD 국
가 중 1위라는 문구가 빈 도시락 속에 엉켜 포장의 기억 되살
리고 있네 여명을 포장하여 달리는 강변도로의 화살표도 과녁
을 잃고 안개로 포장되어 속도를 부추기고 있네 낡은 물체의
초점이 허상으로 반사되도록 한강다리들, 무지개빛으로 포장
된 서울은 출생의 비밀을 간직한 채 '한강의 기적'이라는 기
사를 수출하며 유유히 대양을 향하고 흘러가고 있네

—「포장천국」부분

　　"경기 상승폭 OECD 국가 중 1위라는 문구"가 "포장"이고, "강변
도로"의 "여명"이 포장이고 "서울"의 "무지개빛"이 포장이다. 자
본주의에 대한 애도를 넘어 현대문명에 대한 애도 표시라고 할 수
있다. 간단히 현대문명이 포장이라고 한 것이다. 포장은 뜯겨지게
되어 있다. 그리고 버려지게 되어 있다. 일찍이 브레히트는 시「불
쌍한 B. B.」에서 다음과 같이 토설했었다.

　　浮薄한 족속인 우리들은 파괴되지 않는다는
　　건물 속에 앉아 있네.
　　(맨해튼 섬의 긴 건물들과 대서양을 아래 둔
　　얇은 안테나들은 그렇게 建造되었네)

이 도시들로부터 남아있을 것은 도시를
가로질러간 것, 바람이라네!
기쁘게 집은 먹는 사람을 만들고, 먹는 사람은 집을
비운다네. 우리는 알고 있네, 우리가 暫定的이며
우리 뒤에 이렇다 할 것이 오지 않으리라는 것을.

　　　　　　　　　　　　　　　　　　　— 「불쌍한 B. B.」 부분

　「포장천국」은 곧 버려지게 될 자본주의 도시문명에 대한 알레고
리였다. 도시시, 혹은 대도시시를 말한다면 오승근의 「물방울을
터뜨리다」를 언급하지 않을 수 없다.

　　흩어졌던 의견들이 조목조목 뭉치자 두툼했던 뒷주머니를
　　툭툭 털어낸 김 부장, 스스로 물방울 넥타이를 터뜨리고 물러
　　섰다 밀봉되어 있던 몇몇 사표서류가 한 편의 개봉영화처럼
　　상영된 뒤에 불태워졌다 느슨하게 풀어졌던 넥타이를 바짝 조
　　이자 미결재서류가 노출되어 봄 햇살에 읽혀진다

　　　　　　　　　　　　　　　　　　　— 「물방울을 터뜨리다」 부분

　"김 부장", "물방울 넥타이", "사표서류", "미결재서류"들이 '도
시'라는 거대한 시대정신과 관계있다. '자연'은 시대정신이 아니
다. 도시라는 허상이 만들어놓은 '허상의 허상'일 뿐이다.

슬픈 동굴벽화를 소리내어 읽어 보셨나요?

— 「음색이 있는 벽화」 부분 ①

　구석구석 명품으로 치장하고 명품걸음으로 성형외과를 걸어 나오고 있는 그녀, 얼굴 성형수술 부위가 부작용 탓인지 푸르뎅뎅하게 멍들어 있다

— 「원산지 표기」 부분 ②

　① 지구의 지금 우리 도시문명도 ("슬픈") "동굴벽화"처럼 언젠가 '다른' 족속에 의해 발견되어 읽혀지게 될 것이다. ② "명품"과 "성형"으로 치장한 현대인들이 다른 족속에 의해 발견되어 읽혀지게 될 것이다.

　남자가 여자 몸 위에 올라가서 '하는' 체위가 정상체위인가. '정상체위'를 선교사체위missionary position라고 비아냥거릴 수 있다. 막스 베버식 프로테스탄티즘 자본주의가 소위 정상체위를 강요했다고, 선교사들도 이민족들의 '성애체위'에 대해 그들의 정상체위를 강조했다고. 정상체위는 비기독교적 입장에서 보면 모순어법이다.

들꽃이 야외 조명으로 설치된 무대 위

산발한 버들이 죽음의 체위를 바꾸고 있어요

— 「수양버들의 춤사위」 부분

"죽음의 체위를 바꾸고 있"다고 한 것이 압권이다. 성애에 정상 체위가 없듯이 죽음에도 정상체위가 없다. 누워서 죽는 것을 얼른 떠올리는 것은 '병원침대'의 대중화가 가져다준 허상이다. 자연재해로 인한 죽음에서, 혹은 전쟁이나 테러로 인한 죽음(혹은 주검)에서 보이는 체위는 얼마나 다양한가. 모순이 증가하는 것처럼 죽음의 체위의 다양성 또한 증가하리라. "야외 조명"이 비춰지는 "무대 위"에서 춤추는 "들꽃"은 조명이 꺼지면 곧 없어지리라. 조명은 언제 꺼지는가. 인류는 언제, 어떤 자세로, 꺼지는가(오승근의 시 「지구, 유통기간에 따른 사실 보고」 참조).

　　진흙의 여진이 지근지근 씹히기 시작했어요 그 소리, 점점
　더 커지더니 드디어 서울로 입성하여 서울이 흔들렸어요 큰
　칼의 충무공도, 세종대왕의 호령에도 균열이 일더니 테헤란로
　의 고층 건물들이 흐물흐물 해졌어요 여진이 스며들어 지하철
　입구가 매몰되었다나요 비명소리가 경보음으로 울려 퍼졌으
　니 칸칸이 갇힌 지하대피소는 무덤이 되었겠군요 발굴이 시급
　하지 않을까요 인양을 기다리는 건 기적 없는 개죽음이니까
　아직 지진대피훈련을 설계해 본 적 없는 암흑의 도시 서울이
　에요 달은 기울고 별빛은 도면에 설계되지 않았다는군요 영안
　실, 장례식장, 앰블런스의 도식이 필요해요

　　　　　　　　　　　　　　　　　　　　　— 「진흙 쿠키」 부분

오승근의 애도가 궁극적으로 관계한 것은 묵시론적 세계였다.
도시의 "지하"("대피소")를 "영안실, 장례식장, 앰블런스"와 관계
시켰다.

4. 나가며

애도, 혹은 멜랑콜리만으로 세상을 살아낼 수 있을까. 애도, 혹은
멜랑콜리로 밥을 삼키고 시를 쓸 수 있을까. 아니다. 애도·멜랑콜
리 말고 다른 것도 동반한다. '삶의 난해'는 이를 두고 하는 말이다.

바람이 수면 위에 앉아 풍차질할 때, 우포는 1억만 년 전의
목소리로 잔잔하게 물길을 열어주었다 조금씩 그림자의 전신
이 수면 위로 드러나기 시작했다

쏟아 내리는 수심의 일체를 받아내고 있는 노령기의 조용한
눈동자 우포늪을 빠져나오다

— 「늪을 빠져 나오다 부분」 ①

대금을 불고 있노라면
강이 흔들리고, 산이 굽이치고
먼 길 돌아온 야윈 새마저
어머니의 무릎에 부리를 묻으리라

— 「대금을 불고 있노라면 부분」 ②

①주목되는 것은 "바람이 수면 위에 앉아 풍차질할 때, 우포는 1억만 년 전의 목소리로 잔잔하게 물길을 열어주었다"라고 한 것이다. '우포'의 현상학이 화자의 현상학이다. 수용의 자세다. 반항과 수용의 차이는 무질서와 질서의 차이다. 서양에서는 반항으로 운명을 거역했었고, 동양에서는 수용으로 운명에 순응했었다. ②"어머니의 무릎에 부리를 묻으리라"라고 한 것도 반항의 자세가 아니다. 순응·수용의 자세다.

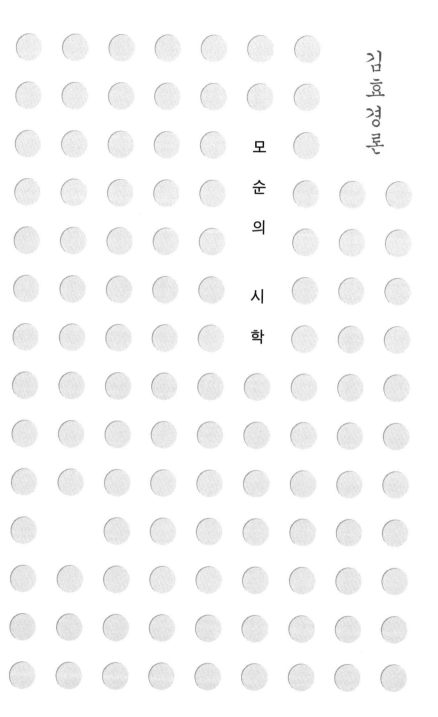

모
순
의

시
학

김효경 론

모순의 시학
— 김효경론

김효경의 시세계를 특징짓는 말들로 '딴청의 시학', '파편의 시학', '모순의 시학', '어깃장의 시학', '그로테스크의 시학' 등을 들수 있다. '딴청의 시학', '파편의 시학', '모순의 시학', '어깃장의 시학', '그로테스크의 시학' 들은 전부 인접의 관계에 있는 시학들이다. 하나로 요약하면 '모순의 시학'이라고 할 수 있다. 먼저「계단 위의 파도」를 보자. 전문이다.

봄비 내리던 날
변두리 미장원엘 가서 머리를 자르고
추위를 자르고, 시선을 자르고
이기심을 자르다가
기죽지 않고 나부끼는 바람을
대견스럽다 생각하면서
나뭇가지에 앉은 빗방울의 둥근 무늬를

유난히 쓰다듬고 싶어진다

허리 굽은 하루가 또 멀어져 간다

발길은 산을 오르고

안개는 왔던 길을 지워버린다

오늘도 타협과 손잡지 않으려 몸서리치다

자폐증 환자처럼 정적을 빼먹고

회색빛 도시를 진통제 삼키듯 꿀꺽 삼키며

변두리 미장원에서 머리를 자른다

바다 냄새를 맡아본 지가 언제였던가

부피만 커진 몸뚱이가 계단을 오르다

쪼그려 앉은 파도소릴 건넌다

맨발로 아침을 걸어 본 적이 언제였던가

일곱 번째, 여덟 번째 행 "나뭇가지에 앉은 빗방울의 둥근 무늬를/ 유난히 쓰다듬고 싶어진다"는 이해가 간다. 바로 위에서 "기죽지 않고 나부끼는 바람"이 "대견스럽다"고 했기 때문이다. '기죽지 않고 나부끼는 바람이 대견스럽다'면 '나뭇가지에 앉은 빗방울'도 대견스러운 것이다. 역시 '쓰다듬고 싶어진다'. 문제는 그 아래의 "오늘도 타협과 손잡지 않으려 몸서리치다"부터이다. 시적 화자는 기죽지 않고 나부끼는 바람에서 '타협하지 않는 태도'를 보았을까. 문제는 더 아래에 있다. 시적 화자는 지금 "변두리 미장원에서 머리를 자"르고 있다. 그런데 갑자기 "바다 냄새"를 말하고 있다. 압권은 맨 끝 두 행이다. "파도소릴 건넌다"고 하다가 뜬금없이 "맨발로 아침을 걸어 본 적이 언제였던가"라고 딴청을 피우고 있다. 물론 [맨발로] 파도소릴 건너는 것에서 맨발로 아침을 걷는 것을 연상한 것일 수 있다. '딴청의 시학'은 자유연상과 멀리 있지 않다. 자유연상은 럭비공처럼 아주 엉뚱한 곳으로 튀는 '의식의 흐름'에 대한 다른 이름이기 때문이다. '아주 엉뚱한 곳'은 보기에 따라 '딴청'이라고 할 수 있다.

'딴청피우기'는 「시의 뼈」에서 노골적으로 개진되고 있다.

철로 옆 개천가 미루나무엔 산비둘기 한 마리 날아와 구슬프게 울기 시작했어 동무들은 팽이치기와 독잡기놀이*에 바빴지만 나는 미루나무 그림자와 노는 시간이 많아졌지 노을에 시선을 빼앗긴 채 서녘 하늘을 서성거리는 버릇이 생겼어 열쇠가 채워진 일기장을 뒤적이면서 지도에도 없는 성을 찾아가곤 했어 […]

*공기놀이와 비슷한 놀이

— 「시의 뼈」 부분

외톨이의 모습이 개진되고 있다. "동무들"이 "팽이치기와 독잡기놀이"를 하는 시간에 시적 화자는 "미루나무 그림자"와 논다고 하였다. "노을에 시선을 빼앗긴 채 서녘 하늘을 서성거"린다고 하였다. "열쇠가 채워진 일기장을 뒤적"인다고 하였다. "지도에도 없는 성을 찾아"간다고 하였다. 주목되는 것은 '딴청'이 절대적 공간, 비현실적 공간, 혹은 비밀의 공간과 관계있다는 것이다. 열쇠가 채워진 일기장, 지도에도 없는 성이 비밀의 공간이고, (미루나무) 그림자가 비현실적 공간이고, 서녘 하늘의 노을이 절대적 공간이다. 김효경에게 딴청은 詩 그 자체인지 모른다. 일상의 삶에 딴청을 부리는 것이 詩로 인식되고 있는 것인지 모른다. 위 인용문의 제목이 「시의 뼈」였다. '시의 뼈'는 '詩의 본질'의 다른 말. 詩의 본질을 딴청부리기로 한 것으로 보는 것이다.

김효경의 이번 시집의 또 하나의 특징으로 '파편의 시학'을 들 수 있다. 파편의 시학은 '대도시시'의 주요 테크닉이다. 대도시는 파편으로만 인지할 수 있기 때문이다. 종합적으로 인지하는 것이 불가능하기 때문이다. 이를테면 「민들레 웃음」에서

파산신고 서류 정리하고

아파트 담보 서류 가방에 챙겨

고개 떨어뜨리고 들어간 203호 아저씨

가재도구 깨지는 소리와

울음소리로 아파트를 정전으로 몰고 간

806호 부부

암에 걸린 아버지 간호하려고

병원으로 거처를 옮긴 1002호 어둠

엄마는 노래방 도우미, 아빠는 대리운전기사
1004호

라고 했을 때 203호, 806호, 1002호, 1004호는 파편들로서(혹은 부분들로서) 제시된 것이다. 전체가 제시된 것이 아니다. 이들에게만 '근심'이 지배하고 있는 것도 아닐 것이다(203호, 806호, 1002호, 1004호에서 일어난 일들은 시적 화자의 상상일 수 있다). 전체를 조망할 수 없을 때 흔히 쓰는 파편의 시학은 몽타주(혹은 콜라주)와 밀접한 관련이 있다. 이를테면 "파산신고 서류", "가재도구 깨지는 소리", "암에 걸린 아버지", "엄마는 노래방 도우미, 아빠는 대리운전기사"들이 시 한 편을 몽타주(혹은 콜라주)하고 있다고 할 수 있다. 파편의 시학(혹은 몽타주의 시학)과 앞에서 언급한 딴청의 시학 또한 서로 멀리 있지 않다. 딴청이 파편적이고 파편이 '딴청적'이다.

　　[…] 뱃전에서 구름이 허리를 감싼 바위를 보면서 누군가를
　　사랑하면 그 큰 덩치도 한 아름에 다 품을 수 있다는 것도 알
　　았다. 새들이 바다를 윤회하는 동안 안개는 하늘도 지우고 바
　　도 지웠지마는 따슨 별빛 품고 있는 괭이갈매기 울음까지는
　　지우지 못한다는 것을 알았다

"누군가를 사랑하면 그 큰 덩치도 한 아름에 다 품을 수 있다는 것도 알았다"와 "새들이 바다를 윤회하는 동안 안개는 하늘도 지우고 바다도 지웠지마는 따순 별빛 품고 있는 괭이갈매기 울음까지는 지우지 못한다는 것을 알았다"는 '문장시학적'으로 모순이다. 후자는 예외를 인정하고 있고, 전자는 예외를 인정하지 않고 있다. 역시 거듭된 '딴청의 시학'으로 볼 수 있고, 광의의 의미에서의 모순어법으로 이해할 수도 있다.

'어깃장의 시학'도 있다. 주목되는 것은 「10월의 숲」의 다음과 같은 구절이다.

세상 사는 일 혼자서 모질게 버티고도 아직 굽은 마음 있어
그곳 향해 자꾸 걸어가다 보면 그늘진 마음 덩달아 이슬도 되
고, 저녁 어우르는 달빛도 되고, 밤이 내려오는 동안 안개도
되고 별도 되던 곳

"세상 사는 일 혼자서 모질게 버티고도 아직 굽은 마음 있어 그곳 향해 자꾸 걸어가다 보면"이 문제이다. '그곳'은 문맥상 "10월의 숲"이라고 할 수 있으나, 또한 '굽은 마음' 자체라고 할 수 있다. 굽은 마음을 굽은 마음 그대로 받아들이려고 한 것으로 보는 것이다. '그곳'을 문맥상 '10월의 숲'이라고 하면, '숲'의 굽은 길

이 굽은 마음을 표상한 것이라고 하면, 굽은 길을 걸어 굽은 마음을 극복하려 한 것으로 볼 수 있다. "그늘진 마음"이 "이슬도 되"고, "저녁 아우르는 달빛도 되고", "안개도 되고", "별도" 될 수도 있다고 한 것을 굽은 마음이 펴진다고 한 것으로 볼 수 있다.

모순의 시학, 혹은 어깃장의 시학은 「잠시 멈추어 시다」에서도 나타난다.

> 철둑길에 떨어뜨린 개망초의 눈빛도
> 수인선 간이역에서 서걱이던 억새의 울음도
> 모서리가 기울어진 창가로 내리치던
> 빗줄기의 아픔도 따뜻했노라고
> 뜰 안 가득 풍경 흔들며 바람이 인다
> 건널 수 없는 시간을 덩그렇게 놔두고
> 나는 또 다시 기억의 빗장을 건다
> 어느새 처마 끝에 눈물이 매달리고
> 우산이 길을 메운다
>
> — 「잠시 멈추어 서다」 부분

과거를 따뜻하게 기억하고 있다. 그런데 "건널 수 없"다고 생각하고, 돌이킬 수 없다고 생각하고, "기억의 빗장을 건다"고 하였다. 따뜻한 것을 막겠다고 한 것이다. 모순이다. 따뜻한 것을 막겠다고 하는 사람은 어떤 사람인가. '모순'으로, 혹은 어깃장으로 설

명할 수밖에 없다. 혹은 인생 그 자체의 모순을 반영한 것이라고
할 수 있다. 삶과 죽음이 극명한 모순 관계에 있다. 따뜻한 것에 빗
장을 지르는 것은 삶과 죽음의 모순에 비하면 사소한 모순일 수 있
다. 사소한 어깃장일 수 있다.

> 떨어진 낙엽 한 잎 주워
> 나무에 가만히 얹어 본다
>
> — 「단풍, 물들어가는」 부분

  이라고 한 것도 어깃장의 시학이라고 할 수 있을까 "떨어진 낙
엽"을 인정하지 않겠다는 것이다. 자연의 섭리를, 세월의 논리를,
인정하지 않겠다는 것이다. 그러나 어깃장은 어깃장이다. 어깃장
부린들 낙엽이 다시 살아날 리가 없다. 그러나 어깃장 같은 용기가
없으면 어찌하리. 세상은 어깃장 같은 용기(?)가 살아가게 하는 줄
모른다. 혹은 살아낼 수 있게 하는지 모른다. '종말이 오는 것을 뻔
히 알면서 왜 사나?'라는 물음에 대한 대답은 어깃장 그 자체인 줄
모른다. '어깃장으로 산다!' 다음의 구절도 '어깃장'을 생각나게
한다.

> 인생은 왕복 차표를 발행하지 않는다는
> 로망 롤랑의 시구를 읽으며
> 싸리 꽃바람 익어가는 울타리 옆에 앉아

시간의 궤도를 달린다

후박나무 우거진 길을 출렁거리며 하늘거리며

— 「동구 밖 햇살」 부분

세 라 비C'est la vie!

딴청의 시학, 파편의 시학, 모순의 시학, 어깃장의 시학은 또한 그로테스크의 시학과도 인접의 관계에 있다.

전쟁의 아우성을 멈춘

동두천 평화박물관

전시된 군용차 안에서

아이들이 놀고 있다

알고 있을까

타고 노는 군용차가

전쟁의 불구덩이에서

살아남은 잔재라는 걸

— 「평화박물관 풍경 속 노시인」 부분

"전쟁"과 "평화박물관"의 관계가 그로테스크하다. 특히 "군용차"와 "아이들"의 관계가 그로테스크하다. 군용차는 "전쟁의 불구덩이에서 살아남은 잔재"이기 때문이다. 아이들은 군용차가 전쟁의 잔재라는 것을 모른다. 그로테스크 역시 인생의 반영이라고 할 수 있다. 앞에서 삶과 죽음의 관계가 모순의 관계라고 했지만 삶과 죽음의 관계를 또한 그로테스크의 관계라고 할 수 있다. 갑충으로 변한 그레고르 잠자와 가족들의 관계를 그로테스크의 관계라고 하는 것처럼.

「이별, 그 이후」에서도 그로테스크의 시학을 말할 수 있다.

> 햇빛과 그늘 사이
> 구름과 비 사이
> 미움과 증오 사이
> 그리움과 무관심 사이
>
> —「이별, 그 이후」 부분

"햇빛과 그늘", "그리움과 무관심"은 대립 관계에 있다고 할 수 있다. 그러나 "구름과 비", "미움과 증오"는 대립의 관계가 아닌, 인접, 혹은 대체의 관계에 있다고 할 수 있다. 그로테스크하다. 대립의 관계와 '인접, 혹은 대체의 관계'에 있는 것들을 병렬해 놓은 것이. 보통 비슷한 관계에 있는 것들을 나열한다. 대립의 관계에 있든, 인접·대체의 관계에 있든.

이번 시집에서 또 하나의 수작은 「이명耳鳴」이다. 남자/여자의 모순에 대한 고찰을 담고 있다. 시적 화자의 말을 빌면 "여자라는 이름의 유전자"에 대한 고찰이다.

팽팽한 시간을 잡고 있다가 놓는다
시간이 탱~
소리를 내며 튕겨나간다
숟가락 놓기 바쁘게 그릇들 움직인다

칙칙 압력 밥솥은
무심한 소리를 수증기로 날리고
세탁기 돌아가는 소리
청소기 돌리는 소리
커피포트 물 끓는 소리

우 우 ─
햇빛인 듯도 하고
물결인 듯도 한
여자라는 이름의 유전자로 굳어
핏속을 떠도는 이명耳鳴

─ 「이명耳鳴」 전문

"압력 밥솥"이 "수증기로 날리"는 "소리", "세탁기 돌아가는 소리", "청소기 돌리는 소리", "커피포트 물 끓는 소리"가 아마 "이명耳鳴"을 만든 모양이다. 시적 화자는 이것을 여자라는 이름의 유전자 때문이라고 하고 있다. 뉴튼의 인과론적 세계관과 무관하지 않은 DNA 나선형 구조의 결정론적 세계관이 시詩「이명耳鳴」에 반영되었다고 할 수 있다.

　삶과 죽음의 모순은「최씨네 염전 이야기」에서 나타난다. '산 사람은 산 사람, 죽은 사람은 죽은 사람, 산 사람은 살아야지'라고 보통 말한다.

　　바람의 질책을 받으며 최씨는 당글개를 들고
　　비틀비틀 염전으로 향한다
　　허리 통증이 염전 바닥에 깔린
　　사각 틀 속으로 스며들더니 이내
　　눅눅한 소금기를 드러낸다

　　"저놈의 술 귀신은 왜 안 잡아가는 겨"
　　며칠 전 황천길에 보냈던
　　마누라 악다구니를 귓전에 흘리며
　　잘 응고되지 않는 가난을 달래며
　　귀퉁이 물부터 훑는다
　　[…]
　　아내의 흰 무덤 곁으로
　　시름시름 기어오른다

　"최씨"는 살아남았다. "저놈의 술 귀신은 왜 안 잡아가는 겨"라

고 "악다구니" 쓰던 "마누라"는 죽었다(이것도 모순이다). 최씨는
산 사람답게 '하던 일'을 계속한다. 소금 채취가 최씨가 하는 일이
다. 최씨에게 그러나 삶과 죽음의 모순은 납득되기 어려웠던 듯.
최씨는 일을 끝내고 "아내의 흰 무덤 곁으로/ 시름시름 기어오른
다". 무덤에 자주 가는 사람들은 삶과 죽음의 모순을 납득하기 어
려워하는 이들이라고 말할 수 있다. 무덤에 자주 가는 최씨를 삶과
죽음의 모순을 납득하기 어려워하는 이들에 대한 알레고리라고
할 수 있다.

절대적 이미지의 시들에서도 모순의 이미지들이 병존하고 있다
(김효경의 이번 시집에서는 상대적 이미지의 시들보다 절대적 이
미지의 시들이 두드러진다. 「최씨네 염전 이야기」 등이 예외에 해
당된다).

꽃들은 나른한 오후를 걷고
영화 속 주인공들은
스피드 게임을 즐기고
스낵코너 창가에 핀 바이올렛이
느릿느릿 햇살 읽으며
시집 한권 입력하는 한나절
바람개비가 돈다

— 「시계 속의 길」 부분

  "나른한 오후"와 "스피드 게임"의 병렬이 모순의 구조이다. 혹은 변증의 구조이다. '스피드 게임'과 "느릿느릿 햇살 읽으며"의 병렬이 모순의 구조이다. 혹은 변증의 구조이다. '느릿느릿 햇살 읽으며'와 "바람개비가 돈다"의 병렬이 모순의 구조이다. 혹은 변증의 구조이다.

  상호 긴밀한 내적 긴장관계가 없는 시들을 보고 보통 병렬양식의 시들이라고 한다. 대도시시들이 보통 병렬양식이다. 병렬양식의 하위 개념으로 파편, 몽타주, 콜라주, 그로테스크들이 있다. 병렬양식도 모순(혹은 변증)과 인접의 관계에 있다. 상호 긴밀한 내적 긴장관계가 없는 것들의 병렬이기 때문이다.

  말
  플롯
  에이런*
  카타르시스
  빗방울소리
  아이들 웃음소리

  *N.프라이의 '비평의 해부'에서 희극의 유형적인 인물로
  외형상 약하고 겸손하고 못난 체하지만 영리한 인물.

                              ― 「가을이 걸어가는 길에는」 부분

  "말", "플롯", "에이런", "카타르시스", "빗방울소리", "아이들 웃

음소리" 사이에는 상호 긴밀한 내적 긴장관계가 존재하지 않는다.
말, 플롯, 에이런, 카타르시스, 빗방울소리, 아이들 웃음소리들은
병렬의 관계에 있다. 순서를 바꾸어도 무방하다. 병렬양식은 '현
대성'의 반영이다. 중요한 것(?)과 중요하지 않은 것을 구분하지
않는 '대중문화의 현대'가 병렬양식을 낳았다.

「타클라마칸에서 온 메시지 — 낙타」를 언급하지 않을 수 없다.

갈증이 남아 있다는 건
내가 살아갈 수 있는 유일한 힘이다

사막의 갈증을 저장하는 일도 내 몫이라
모래 바람의 경전을 풀어야만 한다

어느 날엔가 그래, 그렇게
당신이 보일 때면
내 몸의 우물을
긷게 될 것이다

— 「타클라마칸에서 온 메시지 — 낙타」 부분

아이러니와 역설들은 시의 중요한 수사법들이다. "갈증"과 "힘"
의 관계는 아이러니의 관계이면서 또한 역설의 관계이기도 하다.
갈증은 정말 힘을 줄 수 있기 때문이다.

  사실로 말하면 "모래 바람의 경전"을 풀어내는 것이 시적 화자의 '갈증'으로 보인다. "당신"을 찾아내는 일이 시적 화자의 갈증으로 보인다. 모래 바람의 경전, 혹은 당신은 삶의 의미, 삶의 비밀, 혹은 절대자에 대한 메타포로 보인다. 삶의 의미를 찾기 위해, 삶의 의미를 풀기 위해, 절대자를 만나기 위해, 시인은 사막을 걷고 있다, "낙타"처럼. '詩를 살고 있다'고 할 수 있다. 종국에는 "내 몸"에서 "우물을/ 긷게 될 것이"라고 하였다. 수작이다.

  김효경의 딴청의 시학, 파편의 시학, 모순의 시학, 어깃장의 시학, 그로테스크의 시학들은 이미 앞의 시집 『바람의 약속』(2000), 『햇빛 모자이크』(2004)들에서 예고되었던 것들.

  언젠가 뜬 눈으로 터득한

  거꾸로 사는 법

                              ─ 「거꾸로 사는 법」 부분(『바람의 약속』)

  거꾸로 사는 것은 거꾸로 보는 것, 거꾸로 인식하는 것과 같다. 詩는 거꾸로 인식하는 것이라고 할 수 있다. 아이러니, 역설, 생소화 효과 등은 시의 주요 세목들이다.

  하루 종일내 새떼 쫓다 돌아와

  눈 붙이시는 어매는

  꿈 속에서도 새떼를 쫓는지

허수아비 춤을 추고 있었지.

— 「허수아비 춤」 부분(『바람의 약속』)

문제는 "허수아비 춤"이다. 허수아비 춤은 춤이 아니기 때문이다. 관객을 불러들이는 보통의 춤이 아니라, 관객을 쫓아내는 '이상한 춤'이기 때문이다. 이상한 춤이 '詩'와 인접의 관계에 있다. 詩는 정상이 아니라 異狀에 더 가깝다. '허수아비 춤'은 모순(어법), 혹은 모순의 시학에 해당된다.

두 번째 시집 『햇빛 모자이크』에서도 이점에서 주목되는 부분이 있었다. 전기철도 '해설'에서 인용했던 「46억 년 전부터」이다.

부처와 예수의 눈을 속이고

너와 나, 늘

바람과 한통속이 된다.

— 「46억 년 전부터」 부분

詩는 "부처"의 눈을 속이고 "예수의 눈을 속이"는 것이라고 한 것이 절묘하다. 그럴지 모른다. 詩는 부처의 눈을 속이고 예수의 눈을 속일 때 비로소 詩가 되는 것인지 모른다. '바람과 한통속이 된다'고 한 것도 주목된다. 바람은 '변화의 바람'이기 때문이다. 바람에는 동서남북 각각에서 불어오는 바람에서부터 동남풍 남서풍 서북풍 북동풍 등 수없이 많은 방향에서 불어오는 바람이 있기 때문이다. 바람의 본질 중의 하나가 변화라는 점에서 바람은 詩와 한통속이다. 일상의 문법을 깨뜨리는 것이, 즉 딴청의 시학, 모순의 시학, 어깃장의 시학, 그로테스크의 시학이 詩의 주요 항목들이기 때문이다.

시의 威儀—알레고리

2010년 11월 15일 1판 1쇄 펴냄
2011년 12월 15일 1판 2쇄 찍음

지은이   박찬일
펴낸이   홍순창
편집   김연숙

펴낸곳   토담미디어
등록   2-3835호.(2003. 8. 23)
주소   100-032 서울시 중구 저동2가 4번지 고당기념관 501호
전화   02 · 2271 · 3335
팩스   02 · 2271 · 3336
홈페이지   www.todammedia.com

ISBN 978-89-92430-50-0